健康家装细节
1500例
卧室、儿童房

⊙ 健康家装编委会 /编著

中国轻工业出版社

图书在版编目（CIP）数据

健康家装细节1500例. 卧室、儿童房/健康家装编委会
编著. — 北京：中国轻工业出版社，2012.1
　ISBN 978-7-5019-8415-2

　Ⅰ. ①健… Ⅱ. ①健… Ⅲ. ①卧室-室内装修-建筑设
计-图集 Ⅳ. ①TU767-64

　中国版本图书馆CIP数据核字（2011）第174753号

责任编辑：白晶
责任终审：劳国强
责任校对：燕杰
装帧设计：新知互动
责任监印：马金路

出版发行：中国轻工业出版社
（北京东长安街6号，邮编：100740）
印　刷：北京昊天国彩印刷有限公司
经　销：各地新华书店
版　次：2012年1月第1版第1次印刷
开　本：889×1194　1/16　印张：6
字　数：160千字
书　号：ISBN 978-7-5019-8415-2
定　价：28.00元
邮购电话：010-65241695　　　传真：65128352
发行电话：010-85119835 85119793 传真：85113293
网　址：http://www.chlip.com.cn
Email：club@chlip.com.cn
如发现图书残缺请直接与我社邮购联系调换
101473S5X101ZBW

目录
Contents

Chapter 01 卧室风格表现

Chapter 02 不同年龄段的儿童房设计

Chapter 03 卧室、儿童房色彩搭配

Chapter 04 主体墙设计

Chapter 05　地面装饰

Chapter 06　家具布置与挑选

Chapter 07　软装设计

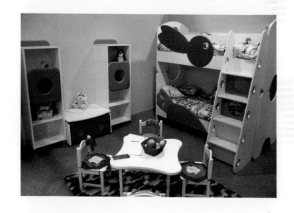

家居设计的过程是一次创造之旅，色彩、光线、材质、造型，在有限的空间里无限的组合，可以成就出无数种风格。每个创意可能都在设计师灵犀一动的瞬间。时下人们对家装的设计不再只追求豪华漂亮，健康家装的概念也越来越被人们所关注。

《健康家装细节1500例——卧室、儿童房》主要介绍了在家装设计中卧室与儿童房的健康家装设计方法和技巧，此书汇集了家装的不同风格、不同理念的设计方案，370余张设计案例图片，涵盖了家庭卧室与儿童房在装修设计中可能涉及的各方面问题，其搭配原则、选购家具的要点、家具配置、饰物搭配、绿化布置、装修宜忌等，为家庭装修提供了极大的方便功能，是一本真正的"家庭装修图典"。

《健康家装细节1500例——卧室、儿童房》向您介绍了当今最流行的卧室布置，是您家居设计的好帮手！本书以图片为主，辅以相应的文字介绍各种健康家装的小细节，使读者在参阅具体装修案例的时候，能够对应了解经济实用的装修方法与案例，参照进行自己的家居装修。本书从专业设计角度介绍了家庭装修应该注重的要点，从卧室风格表现入手，进而讲解了不同年龄段的儿童房设计及色彩搭配、主体墙设计、地面装饰、家具布置与挑选、软装设计等多方面的细节，内容精彩、详尽，指导性强，非常实用。

书中精选了多套家居参考实例，风格多样、时尚新潮、精美、实用，是准备装修的家庭主人及装饰消费者不可多得的参考书。

健康家装细节1500例

卧室
儿童房

01
Chapter

卧室风格表现

卧室是人们心灵休息的港湾。当疲惫的身心对家的依恋越发强烈时，只有回归专属自己的空间，才可以感受到心灵的纯净。不同的家装风格演绎出各种各样的家园风情，蕴涵着千姿百态的生活乐趣。享受生活，选择自己喜欢的卧室风格，装出自己的品位。

1.1 古典风格卧室设计
古典风格可以注重古香古色

古典风格的卧室设计多数是指华丽的线条形装饰、卷曲的C形、涡卷状图案以及有如宫廷式的挑高空间，这些都是古典风格的要素。其实古典风格传承到现代，除了传统的英式与法式等所谓的"欧式古典"之外，还有新古典风格以及当今最流行的现代古典。英式与法式古典各有不同的语汇与传统，呈现的是华丽中带有稳重高贵的气质；新古典风格主要以美式风格为主，采用简约大方的形式，现代古典则有奢华、人文以及更加利落的表现，总的来说，它既保留了传统古典的装饰要素，又可以与现代都会空间相融合，呈现出独一无二的个人特色。

欧式古典风格卧室设计

欧式古典风格的卧室设计有的不只是豪华大气，更多的是惬意和浪漫。通过完美的曲线，精益求精的细节处理，带给家人不尽的舒适触感，实际上和谐是欧式风格的最高境界。同时，欧式装饰风格更适用于大面积的卧房，若空间太小，不但无法展现其风格气势，反而对生活在其中的人造成一种压迫感，当然，还要具有一定的美学素养，才能善用欧式风格，否则只会弄巧成拙。

装饰细节
硬木材质床架，纹理清晰，体重厚实，和其他家具搭配，产生协调的柔和美。

装饰细节
欧式古典家具和软装饰品的布置奠定了卧室空间的整体风格，令卧室充满沉稳厚重的古朴感。

装饰细节
色彩的运用对欧式古典风格有着举足轻重的作用，运用金色和银色以呈现居室的气派与复古韵味。

装饰细节
继承着古典主义风格的减法，减去一点历史的沉重，削掉一层油彩，让人陶醉。

新古典风格卧室设计

　　新古典主义近年来在家居装修中兴起。新古典主义风格是指用简化的手法、现代的材料和加工技术去追求传统式样的大致轮廓特点。不仅保留了材质、色彩的基本风格，还可以很强烈地感受传统的历史痕迹与浑厚的文化底蕴，同时又摒弃了过于复杂的肌理和装饰，简化了线条，结合现代与古典元素创造更符合现代审美的家居环境。因此，新古典主义是古典与现代的完美结合，它的精华来自古典主义，但不是仿古，更不是复古，而是追求神似。新古典主义风格，更像是一种多元化的思考方式，将怀古的浪漫情怀与现代人对生活的需求相结合，兼容华贵典雅与时尚现代，反映出后工业时代个性化的美学观点和文化品位。

装饰细节

除去了古典主义过于繁复的装饰和眼花缭乱的金波装饰后，造型简约是新古典主义家居的主调。

装饰细节

铁艺的造型，卷曲的花纹附带着古典的大气与简约的浪漫气质，银色的质感，是浪漫公主屋的必备品。

装饰细节

新古典家具使用寿命长，经得起时间的考验，不易被淘汰。装修搭配简单，不需大富大贵。

装饰细节

暗红色的红木家具，很复古的感觉，但是造型又不是那样的繁琐，精致的抽屉把手，很有质感。

装饰细节
地中海风情的卧室一般选择自然的柔和色彩，在组合设计上注意空间搭配，散发出古老尊贵的文化品位。

装饰细节
床头是用金属制成的具有优美弧线的雕花设计，去除了欧式家具的过于复杂的装饰，凸显简洁美。

装饰细节
简约的复古造型，暗红色的红木家具，散发着历史的幽香，使整个卧室优雅，大方，且气质高贵。

1.2 豪华风格卧室设计
豪华风格可以注重时尚奢华

　　豪华风格既具有欧式贵族气质，又融合了现代时尚的装饰元素，完美地体现了内敛式的高贵气质，豪华风格的卧室设计追求庄重、自然，无处不在的装饰纹样成就了奢华的气质；摆放讲究的厚重家具、复杂的造型、丰富的布艺装饰、具有古典风格的艺术挂画及吊灯等，极度彰显了居室的雍容华贵；再以精细的后期配饰融入到设计风格之中，使居室更加完美！

 健康提示　减少卧室污染

　　卧室污染物以致病微生物、人体排出物和室内装饰材料挥发的有害气体为主。其污染程度白天轻，傍晚及夜间重。应选择白天气温高、室外空气较好时开窗通风，每日至少15分钟。

装饰细节
豪华的布艺装饰，强调健康舒适的设计理念，形成既保留温馨又充满时尚节奏的独特品质。

装饰细节
洁白的皮质床面，再配上金色的雕花装饰边线，当你准备上床时，贴心的舒服感会油然而生。

装饰细节
整个空间有一种低调的奢华感，卧室内黑色和黄色的搭配，象征着沉稳和尊贵。

装饰细节
精心雕饰的床配上价格不菲的地毯，古典而华丽的装饰设计，装饰出豪华如宫殿般的卧室。

装饰细节

素颜而不失浪漫的豪华装饰，恬静、温馨，打造一个优质的睡眠环境。

装饰细节

镜子和柜体部分都使用了全镜面质感的材质，配合卧室的整体风格，映照出一种独特的奢华气质。

装饰细节

豪华的壁纸纹样，舒适的质感，墨绿色和橄榄绿色条纹图案的搭配，和整个空间的颜色很是相配。

装饰细节

古典的造型设计，经过提炼绘制出简单的符号式图案，利用灯光和多种材质的表现，打造豪华的背景墙面设计。

健康提示　要选择软硬适中的床垫

　　人体脊柱具有生理弯曲度，太硬的床垫破坏了脊柱的自然生理弧度，椎体间边缘产生摩擦，摩擦增生是生理现象，一旦压迫神经就是病理状态了。故选购时，最好能躺在床垫上，反复转身亲自感受床垫的弹力是否适合需要，软硬适中才能保持人体脊柱的自然弧度，达到护脊保健目的。

1.3 现代风格卧室设计
现代风格注重简单的线条

现代风格的家居设计已经成为一种风尚，受到众多的都市年轻人的青睐。简单的线条、大面积的几何图形的应用，可以让空间显得利落而干净，顺应都市人快节奏的生活方式。重视功能和空间组织、结构的形式美，其造型简洁，尊重材料本身的性能、自身的质地和色彩搭配的应用。在卧室的设计中，线条的简洁和色彩的明快，都体现出现代主义的内涵。在材料的应用上，首选钢制构件、铝塑板或合金材料。在色彩搭配上，以黑、白、灰为基调，以红色呈现色彩视觉感受，使卧室蕴涵极具包容性的美感，而简洁的床头柜和灯饰，规划出一种轻巧、简约的现代空间语言。

装饰细节
简约的造型，简单的处理手法，大块面黑白两色的运用，让空间变得井然有序。

装饰细节
以床为中心的卧室设计，其简约的现代风格，突破了中规中矩的格局，彰显卧室整体布局的独特感。

装饰细节
卧室墙壁装有较强的吸收声能、减低噪声性能的材料，营造了一个安静、随和的睡眠休息环境。

装饰细节
规整的空间感，简约的家居设计，黑白两色的经典搭配，让整个居室空间具有沉稳大方的气质。

装饰细节
整个墙面都使用了玻璃的材质，制作了一间阳光房，使卧室显得非常明亮，视野也很开阔。

精彩看点 *1* 白色的床

精彩看点 *2* 深蓝色床单

精彩看点 *3* 简约的床

精彩看点 *1* **白色的床** 线条感十分流畅的床，第一眼的感觉就是气派，因为它独特的设计，白色的床架搭配上灰色的床品，让纯粹里添加了几分时尚的生活性情。

精彩看点 *2* **深蓝色床单** 深蓝色的布艺床单，赋予了空间宁静、平和的心情体验。

精彩看点 *3* **简约的床** 黑色的漆质床面，简洁的造型，对称的摆放形式，打造出简约的现代居室风格。

精彩看点 *4* **时尚的镜面材料** 镜面是一种现代感较强的装饰材料，可以和周边形成强烈的虚实对比，使空间流露出浓厚的时尚气息。

精彩看点 *4* 时尚的镜面材料

健康提示　　慎用电热毯

取暖用电热毯内加有阻燃剂。阻燃剂是由溴与其他化合物质合成，溴蒸气具有腐蚀性并有毒。

建议使用热水袋替代电热毯取暖，以避免漏电或有害物质泄漏。

精彩看点 *5*　具有情趣的灯饰

精彩看点 *6*　简约的衣柜

精彩看点 *5*　**具有情趣的灯饰**　有时候家中的一盏灯犹如一件精致的工艺品，为空间添加了几分情趣和艺术美感。

精彩看点 *6*　**简约的衣柜**　熟褐色原木纹理的衣柜，简洁的造型设计，体现出美学的形式美感。

床垫选购 ▷　　购买床垫应根据个人的具体情况来选择。比如体重、身高及个人生活习惯等。其中最基本的要求是仰卧时能保持腰椎生理曲线正常；侧卧时以不使腰椎弯曲、侧弯为佳。科学证明，软床垫会降低脊骨承托，硬床垫的舒适度又不够，所以过硬、过软的床垫对健康睡眠都不利。弹簧床垫对身体支撑力的分布比较均匀合理，既能起到充分的承托作用，又能保证合理的脊柱生理弯曲度；使用弹簧床垫睡眠更加安稳，比使用木板或海绵床垫更能提高总睡眠效率。

装饰细节

拱形的吊顶使空间呈现向上的趋势，这样的处理能够提升人的心理高度，常在现代风格中出现。

装饰细节

简约的床头柜，类似小茶几的造型设计，玻璃材质的桌面，给人一种通透的感觉。

装饰细节

黑白色的搭配，简单的块面结合局部的材质变化，配合暗藏的灯光照射，巧妙地形成独特的装饰效果。

装饰细节

简约的几何造型的家具，具有质感突出、厚实稳重、大方得体的特点，深受现代青年人的喜爱。

🌿 **健康提示** 观察床垫的内在质量

先将床垫拉链拉开，观察主弹簧是否达到六圈，再看弹簧的直径是否达到32mm以上，如果小于28mm，再好的热处理工艺也避免不了日后产生的塌陷。还要再观察与弹簧芯接触的第一层垫层是否采用耐磨材料，如麻袋布。另外，观察床垫内层是否有异味，这样就可以了解到床垫是否干净、卫生，这些是床垫大体的内在质量。

1.4 浪漫风格卧室设计
浪漫风格的卧室注重布艺装饰

　　浪漫风格一向受到女孩们的喜爱，浪漫风格卧室主要表现的是浪漫、温暖舒适的感觉，温暖的粉红色、柔和的象牙白，都是体现浪漫、温馨感的最好色调。碎花图案和绒毛质感的布艺是打造浪漫居室的主要元素，卧室的辅助光源可渲染这种气氛。柔和的灯光可将浪漫风格演绎至极，温馨四溢。

装饰细节

碎花的壁纸，淡雅而浪漫，搭配上清一色的白色家具，散发出淡淡的浪漫气息。

装饰细节

色彩绚丽的舒适床品很抢人眼球，与粉色的墙壁搭配在一起，足已渲染出一种浪漫温馨的气氛。

装饰细节

底色为白色，画面玫瑰红为主的窗帘，与空间主色调和谐一致，与床背景墙形成对比，整个房间充满幸福感。

精彩看点 _1_ 浪漫铁艺床

精彩看点 _2_ 红色的沙发

精彩看点 _1_ **浪漫铁艺床** 浪漫的铁艺床摆放在卧室的中央，简洁的白色床单诉说着它的温情。

精彩看点 _3_ **柔软的地毯** 柔软的白色狐狸毛地毯，有着丝绸般柔滑的质感，非常地温馨、浪漫，再搭配上铁艺的家具，使整个空间散发着浓浓的家的味道。

精彩看点 _2_ **红色的沙发** 艳丽的红色沙发为卧室添加了多样的休息区域。

精彩看点 _4_ **可爱条纹布艺** 粉粉的淡雅色调，有着小女孩的可爱气质。粉色的布艺家纺，带给卧室可爱的感觉，很适合女孩的卧室装扮。

精彩看点 _4_ 可爱条纹布艺

精彩看点 _3_ 柔软的地毯

装饰细节 宽敞的卧室使用了最能制造浪漫气氛的玫红色调，让卧室娇艳了起来，配上白色的地毯温情似水。

装饰细节 甜美的橙色空间，搭配简约的家居设计，不同灯光的合理使用，打造出来一个甜美时尚的浪漫屋。

1.5 田园风格卧室设计
田园风格可以注重自然清新

　　绿叶和花朵，是大自然的恩赐，也是宁静生活的参照。通过绿意和繁花纹饰的巧妙搭配、点缀和润色，沉淀下来的生活是静心、静气地享受画面。田园风格的卧室设计，常运用天然木、石、砖、陶、藤、竹等材质质朴的纹理，如由白松木制成并保持其自然木色的橱柜、藤柳编的沙发等，令人观赏之余对其材料的自然质感留下深刻的印象。巧于设置室内绿化，创造自然、简朴、高雅的氛围。在田园风格里，粗糙和破损是允许的，因为只有那样才更接近天然。

装饰细节
壁炉的造型在古典的田园风格中，象征着感情的凝聚与温馨的家，现在将其简化作为墙面装饰。

装饰细节
质感硬实的黑色铁艺床，配上满屋点缀的绿色植物，打造一个安全、清爽的空间。

装饰细节
淡粉色的花布床单，上边盛开着朵朵娇艳的玫瑰，配上整屋的白色家具，淡淡的田园花香。

健康提示　观察床垫外观质量

　　查看床垫四周缝边是否顺直挺括，印花是否清晰，床布是否清洁，绗缝面线有否跳针、漏线，绗缝海绵手按下去是否富有较强的弹性感。不要被华丽的面料、夺目的装饰所迷惑。由于每个人的具体情况不同，比如体重、身高、胖瘦以及个人生活习惯、喜好等，人们在选购床垫时应根据自身的具体情况综合考虑予以选择。其中最基本的要求是仰卧时能保持腰椎生理曲线正常；侧卧时以不使腰椎弯曲、侧弯为佳。

精彩看点 *1* 原木餐桌

精彩看点 *2* 开放空间

精彩看点 *1* **原木餐桌** 在卧室空间中摆放，原木材质的小桌椅，再摆放上一些水果甜点，可以在这里享受美好的下午时光。

精彩看点 *2* **开放空间** 田园风格若要在都市居家中呈现，难免会受到空间的限制，因此公共空间采用开放式的设计也就成了常见的装修要点。

精彩看点 *3* **木质墙壁** 由于田园风格的居家环境非常强调自然气息，因此木质常常是空间中可提升田园风格的主要元素。

精彩看点 *3* 木质墙壁

精彩看点 *4* 添加地毯

精彩看点 *4* 添加地毯

在卧室的中间可以局部使用地毯，增加舒适感，另外，地毯与空间的比例要拿捏好，以免影响整体效果。

装饰细节

竹制品是田园风格中经常会被用到的一个元素，它自然清新，给卧室带来浓郁的田园风情。

02

Chapter

不同年龄段的儿童房设计

望子成龙，望女成凤，这是每一位父母的心愿。而一个舒适的空间，不但关系到孩子的生理健康，同时也关系到儿童未来的成长方向。因此，在给儿童选择合适的卧房以及在装修儿童房的时候，需要注意很多方面，要根据孩子不同的年龄阶段，来设计出符合他们成长心理的舒适的儿童房。

2.1 0~3岁儿童房设计
这个阶段的孩子房间要注重天然材料

0~3岁的宝宝成长发育时对外界环境最为敏感，此时，环保是设计时必须要关注的问题。绿色环保不仅意味着装修材料上的零污染，也代表着一种可持续的绿色生活理念。将这理念注入宝宝的成长世界，必将有利于孩子的身心健康。

婴儿床应该贴墙居中放置，紧邻换洗区，方便料理，休息区的窗前光线明亮，享受美妙的亲子时光。孩子还小，收纳区可尽量靠边，将活动和休息区放在中心区域。

装饰细节
婴儿床要选择天然的原木材质来制作，这样才不会影响宝宝的健康成长。

装饰细节
在颜色上选择温和清新的浅蓝，会让宝宝房间更有生活气息，床品选用同色系的蓝白色，更显得落落大方。

装饰细节
淡绿色调的婴儿房，清新淡雅，很适合宝宝的房间布置色调，加上一些条纹的图案，来活跃气氛。

健康提示　选择健康的涂料

儿童房要选择使用水性漆涂料。因为油漆涂料使用了有剧毒、有污染、可燃烧的有机溶剂作为稀释剂，孩子接触这些物质易造成间接污染。在选择儿童房涂料时要看是否有环保标志。

装饰细节
婴幼儿期的孩子，对外界有着强烈的探知欲，所以需要用明快的色彩和形状鲜明、突出的玩具来开发智力。

2.2 4~6岁儿童房设计
这个时期的儿童房要注重色彩

这个时期的孩子活泼、好动，想象力丰富。家长们可以为他们提供尽可能多的整块活动空间，比如儿童房的中间地带，不必费心为他们准备太多的家具。这个时期是孩子想象力最为丰富的时期，他们会自己想象这里是什么，那里是什么。色彩也应当丰富，房间尽可能地多使用色彩，让孩子有丰富的想象空间。在他们眼里，没有流行的色彩，只要是对比反差大、浓烈、鲜艳的纯色都能引起他们强烈的兴趣，也能帮助他们认识自己所处的世界。

装饰细节
孩子空间的黄色，不仅适合儿童天真的心理，而且鲜艳的色彩在其中会洋溢起希望与生机。

装饰细节
由于孩子处在成长发育期，骨骼、脊柱没有完全发育到位，儿童床过软容易造成儿童骨骼发育变形。

装饰细节
富有变化的异型柜摆满了卡通玩具，富有童趣，也具有很强的装饰性，活跃儿童房的气氛。

装饰细节
儿童喜欢在地面玩耍，地板的选择尤其显得重要。儿童房最好选用易清洁的强化地板和易清洗的地毯。

装饰细节
安全性是儿童房设计的重点之一。家具的边角和把手应该不留棱角和锐利的边。

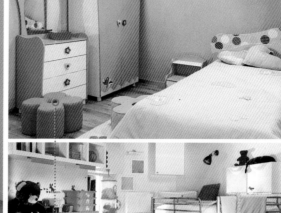

精彩看点 *1* 绿色视野

精彩看点 *2* 活泼明快

精彩看点 *3* 收纳功能

精彩看点 *1* **绿色视野** 为了使房间看起来更具开阔感，窗户的明亮就显得很重要，窗外绿色的视野有助于孩子视力得到很好的发育。

精彩看点 *2* **活泼明快** 漂亮的坐凳是卧室的亮点，在柜子内壁刷上了活泼明快的粉色，下面是白色的抽屉和层架，对比鲜明。

精彩看点 *3* **收纳功能** 好动的天性使孩子乱丢玩具和乱放东西，合理的收纳功能既方便家长整理，也可以从小培养孩子的良好生活习惯。

精彩看点 *4* **环境素雅** 房间主色调采用春天的绿色与秋天的金色混搭而成，让孩子生活在其间有一个安静素雅的环境，利于孩子养成思考的好习惯。

精彩看点 *4* **环境素雅**

健康提示 **儿童房宜选实木家具**

儿童房家具应少而精，在选材上最好要以天然和实木为主，以保证其健康环保。在外形方面尽量选择一些造型简洁、功能性强的家具，最好选用有"防撞角"的家具。玩具架也不能太高，以防孩子取放玩具时扳倒家具或攀爬时摔伤。此外，孩子房间内不要用玻璃装饰品，以防打碎伤害到儿童。

2.3 7~12岁儿童房设计
这个阶段的房间设计要注重舒适性

　　7岁以上的孩子开始进入学校学习，在儿童房中游戏已不是他们生活的主要内容，取而代之的是在儿童房里做作业与读书。在这个年龄阶段，家长们开始锻炼孩子的自理能力，让他们学会独立学习和生活。因此，对于家装设计师来说，为这个年龄阶段的孩子打造相对安静的学习生活空间是至关重要的。为了保护孩子的视力，儿童房内的灯光一定要充足，建议家长们尽量避免为孩子选择那些造型可爱、色彩艳丽、但并不安全，非环保的灯饰作为看书、做作业时的光源，选择灯饰时应强调光源的稳定性，采用可调节光线的灯具为佳。

健康提示　　选择健康的壁纸

　　儿童房间的壁纸要选用自然材质。如木纤维、纯纸、藤麻、竹草等天然材质为佳。这种被称为"会呼吸的墙纸"具有环保性，是居室良好空气的基础保障。

装饰细节
控制房间书柜的芯板和油漆用量，有利于避免甲醛等污染物超标。

装饰细节
简单小巧的单人床，铺上舒适的纯棉被褥，天然的才是最适合孩子的。

装饰细节
需要特别提醒，书桌最好不要放置在窗台前，否则孩子很容易被窗外的事物吸引而分心。

装饰细节
由于儿童的活动力强，所以在儿童房空间的选材上，宜以自然材质为佳，如线毯、原木、壁布等。

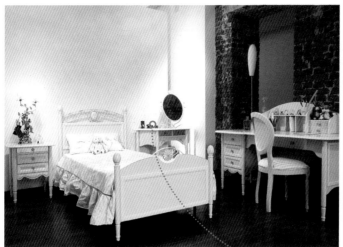

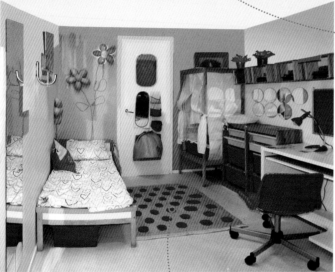

装饰细节

床品和桌椅以浅蓝色为主，加上明亮的灯光打在浅色墙壁上，打造了一个适合学习生活的空间。

装饰细节

合适且充足的照明，能让房间温暖、有安全感，有助于消除儿童独处时的恐惧感。

健康提示 儿童房空间留白的好处

随着孩子年龄的增长，接受的新东西越来越多，喜欢的东西都在不断变化中。儿童房也要实现从游乐场到良好读书环境的转变。所以，儿童房装修留白是很重要的，比如有些角落可以先让它空着，孩子小的时候在房间跑步、跳舞都有地方，不用担心磕着碰着。等到他上学了，在角落里添置一个电脑桌，即可以满足学习的需要。

装饰细节

儿童房的居室或家具色调，最好以明亮、轻松、愉悦为选择方向，红色和橙色搭配的地毯就体现了这一点。

装饰细节

休息型的轻便椅，靠背一般距离坐面370毫米左右，以一个支撑点来承托使用者的腰部。

2.4 13~16岁少年屋设计
这个阶段房间设计要注重孩子个性展示

这个阶段的孩子居住的房间设计中要注意留白，留白可以给孩子预留一些自我发挥的空间，便于成长过程中的孩子自由布置，他们会更喜欢。可以在墙上挂些地图等，便于孩子探索科学，保持浓厚的学习兴趣。

明亮清晰的灯光是这个阶段必备的条件，尤其对于正处于学习期的孩子来说。理想的照明环境可以运用普照式的主灯，嵌入式的灯及书桌照明的台灯三者搭配，并可设置一些藏入槽中的蓝色背景光源。书桌的照明要移动方便，接线要留有充足的余地，以方便围绕书桌调整，利于小主人公阅读写作。

装饰细节
大孩子需要较大空间发挥他们天马行空的奇思妙想，家具外形可带有启发孩子想象力的属性。

装饰细节
大孩子对色彩会产生自己独特的喜好，此时可以多发挥他们的想象力。

装饰细节
书桌照明的合理设置，便于阅读，同时不要产生眩光，以保护孩子的视力。

健康提示　儿童房不宜频繁装修追求新意

孩子的房间面积一般都比较小，因而对污染物的承载能力也就小，即使用的全是环保材料，家具中的大芯板、油漆等必备原料，也会在房间内持续释放化学气体，这是诱发咳嗽、气管痉挛、哮喘等的重要原因。所以，儿童房不宜反复装修，以避免有害气体不断排放。

装饰细节

为孩子制作一个展示墙，让他可以把自己的得意作品，喜欢的照片挂在墙上，展示自己的精彩生活。

精彩看点 *1* 协调色彩

精彩看点 *2* 施展爱好

精彩看点 *1* **协调色彩** 由于房间的功能多为学习，不妨多以协调色调为主。海蓝色让孩子感受到开阔、自由；绿色接近大自然，给孩子生命的活力。

精彩看点 *2* **施展爱好** 大孩子钟情于可以充分施展爱好，并用来学习的地方，最好还可以用来接待同学，共同学习玩耍。同时家具外形可带有启发孩子想象力的属性。

精彩看点 *3* **喜欢模仿** 尺寸按比例缩小的家具，伸手可及的搁物架和高度合适的写字台能给他们控制一切的感觉，满足他们模仿成人世界的欲望。

精彩看点 *4* **组合方法** 考虑到孩子的年龄和身高的变化，用改变组合的方法，利用多功能、组合式的家具，以充分的机动灵活性来适应孩子游戏、学习、休息等。

精彩看点 *3* 喜欢模仿

精彩看点 *4* 组合方法

健康家装细节1500例

卧室
儿童房

03
Chapter

卧室、儿童房色彩搭配

色彩是大自然赐予我们的礼物，它让我们的世界变得丰富多彩，红色代表奔放，蓝色洋溢舒畅，绿色送来清爽，彩色炫出心花怒放……给卧室披上绚丽的色彩，定能给你的生活带来无限遐想与惊喜。美丽的色彩、精致的搭配柔软的细节，打造极致浪漫舒适的卧室空间。许多家庭会选择绚丽多姿的卧室布置。红色、蓝色、绿色、黄色等如彩虹般的色彩，共同点亮了卧室空间。

3.1 红色系卧室、儿童房
红色系颜色是浪漫而热烈的颜色

红色，奔放热烈；红色，跳跃活泼！红色也是一种和谐热闹气氛的体现，给人幸福的感觉。红色优雅独特、简洁明快，时尚而不浮躁，庄重典雅而不乏轻松浪漫的感觉，但是在卧室的色彩搭配上应以统一、和谐、淡雅为宜。欢快而热情的红色运用，使居室看似简单，实则韵味无穷，充满喜庆气氛。红色那独特的魅力，用火热将你拥入居室。

装饰细节
玫瑰红色床品，轻巧的铁艺床架，打造的卧室空间，充满了浪漫的气息。

装饰细节
卧室的颜色使用了樱桃糖果色佐以浅色家具，活泼可爱，受到孩子的喜欢，令人向往。

装饰细节
娇俏的粉红色明丽照人，大面积用于墙上，甜美的感觉呼之欲出，与红色搭配充满活力。

健康提示 卧室色彩不宜太夸张

儿童对生活中的色彩都很敏感，往往会被一些颜色鲜艳、色彩丰富的东西所吸引。但家长要注意，房间颜色鲜艳要适度，因为长时间停留在过于鲜艳的空间里，会让孩子产生烦躁心理。

精彩看点 *1* 暗红色床品

精彩看点 *2* 可爱的粉色

精彩看点 *1* 暗红色床品 暗红色的绸缎面料床品，温柔的格调让你远离外界的喧闹，静心感受在家的亲切与舒适。

精彩看点 *2* 可爱的粉色 甜美可爱的粉色卧室，柔软的布艺饰品，帮每个女孩实现自己的公主梦想！

精彩看点 *3* 红色的床单 红色的床单搭配了绿色、黑色和红色的抱枕，墙壁的颜色也和这几种颜色有了一个呼应，整体空间显得很和谐。

精彩看点 *4* 青春的红色 色彩相间的衣柜、纯度很高的窗帘和床单，赋予了室内活泼、青春的气息。

精彩看点 *3* 红色的床单

精彩看点 *4* 青春的红色

装饰细节
艳丽的红色沙发很有现代感，搭配柔美的粉色墙壁更是明艳动人。一个公主宫廷味道的别致儿童房。

装饰细节

意大利式浓郁诱惑的
红，富有变幻的条纹床
品，加上缎面的材质，
在细微处令其更为
浓艳与神秘。

健康提示　变换儿童房色彩

　　处在不同年龄段的儿童对颜色的需
求是不一样的，家长可以利用窗帘布艺
等装饰品有规律地将儿童房变换颜色。
对于婴儿而言，可以选择一些稍微艳丽
的色彩，可促进他们视觉的发育；而对
于已经上学的儿童来说，他们对周围事
物已经有了一定的敏感度，所以他们的
房间最好选择清新、淡雅的颜色，过于
冷艳的色彩会令他们产生厌倦感。

装饰细节

如果担心大面积红色
会使房间单一，在选择
床品时可考虑搭配淡
色系列，但颜色一定
不能与红色相抵
触。

装饰细节

床上用品使用红白相
间的花纹图案布艺作为
装饰，使空间的色彩
不再单调，也为卧室
增加了雅致的气
息。

精彩看点 *5* 甜而不腻的颜色

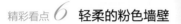

精彩看点 *6* 轻柔的粉色墙壁

精彩看点 *7* 红色的墙面

精彩看点 *5* 甜而不腻的颜色 淡粉色的窗帘、深粉色的墙壁，配上碎花图案的床单，显得粉嫩甜美。家具的白色，缓和了粉色过度的甜腻感。

精彩看点 *6* 轻柔的粉色墙壁 轻柔的粉色墙壁搭配上柔和的米白色床单，让整个空间拥有妈妈一般的温柔感觉。

精彩看点 *7* 红色的墙面 红色的墙壁，淡粉色的床单，时尚热情的质感诉说着主人对温馨的高品质生活的设计与追求。

精彩看点 *8* 红暗花壁纸 纯正的红色暗花壁纸渲染了空间的气氛，使得白色的基础色不再寡淡，呈现出勃勃的生机，充满活力。

精彩看点 *8* 红暗花壁纸

3.2 黄色系卧室、儿童房
黄色系颜色是温暖而甜美的颜色

卧室是典型的私人空间，也是所有情怀与情结寄居的地方，所有的欢喜忧愁都在其中停留、沉淀，因而给卧室营造出温馨、浪漫的感觉十分重要，可应用诸如橙色、黄色、土黄色等色彩的搭配，使居室空间呈现出所需的氛围。恰当地运用黄色可以使冰冷的房间温暖起来，使阴暗的房间明亮起来，还能够为任何一间居室增添乡村气息。

装饰细节
橙黄色主题的背景墙，甜美而明亮，只是主体墙面一小部分的应用，就大大提升了卧室的品质感。

装饰细节
明亮的黄色给人感觉热烈明快，不同的黄色搭配在一起，灿烂奔放之中又有着沉潜妖娆的印象。

装饰细节
橙色系的水纹壁纸让人眼前一亮，给儿童房增加了快乐、活泼的气氛。

装饰细节
土黄色的墙壁，搭配素雅的家具，使整个空间充满了乡土气息，又很有怀旧的味道。

装饰细节

明艳的黄色背景墙提升了房间的亮度，花卉装饰画点缀了单色的墙面，给房间增添了优雅的艺术气息。

装饰细节

柔和的黄色调，清爽而淡雅，配上原木色的衣柜，显现成年人卧室少有的成熟感。

装饰细节

黄颜色的螺旋式吊顶，时尚而前卫，让房间充满阳光般的生命力。

精彩看点 *1* **淡淡橙香色**

精彩看点 *2* **浅黄色墙壁**

精彩看点 *3* **淡黄色花纹床单**

精彩看点 *1* **淡淡橙香色** 淡橙色的墙壁把整个屋子都照得暖融融的，这份舒适的感觉不是恰好最适合需要休息的我们吗。

精彩看点 *2* **浅黄色墙壁** 淡黄色的墙壁，烘托得整个卧室都带有点点的黄色调，柔柔的暖色调，让人很容易进入梦乡。

精彩看点 *3* **淡黄色花纹床单** 可爱的儿童房中，使用淡黄色的花纹床单做装饰，映衬得小小卧室很温馨。

精彩看点 *4* **柠檬糖果色诱惑** 鲜艳的黄色儿童房，如柠檬糖果般诱惑，空气中散发着淡淡的果香，绝对是不同凡响的设计。

精彩看点 *4* **柠檬糖果色诱惑**

装饰细节

经典的原木家具，摆放在卧室中，和谐自然，卧室中暗黄的灯光，让人觉得很温暖、安逸。

装饰细节

古色古香的家具，柔和而温暖的黄色调，为卧室营造出浓浓的怀旧风格。

装饰细节

淡黄色的内墙乳胶漆无环境污染问题，透气性好。卧室新墙面的涂装，令空间清新亮丽，充满温馨。

健康提示　不适合孩子的布艺床品色彩

紫色会带给神经系统压迫的感觉，所以不要为儿童买这种颜色的布艺床品，也不建议买带黑色和灰色的床上用品，因为这些颜色不能使宝宝产生快乐的感觉。

3.3 蓝色系卧室、儿童房
蓝色是纯洁清爽的颜色

　　蓝色是很常见的一种颜色，使用蓝色系装饰卧室空间，能给卧室带来宁静、清新的感觉。如果单一的颜色让你觉得单调，可以在墙面上挂些大小不一的装饰物，也许还会有神奇的效果。蓝色也是属于天空的颜色，让人有一种洁净的舒适感觉，仿佛我们还有一颗童心，简单纯粹。家居装修中儿童房装修，如果以蓝色作为主色调，这样的装修不仅儿童会喜欢，就连大人都会很向往。

装饰细节
浅蓝色调与白色的床铺是那样的接近，这样完美的搭配，让人心旷神怡。

健康提示　儿童房中环保的家具色彩

　　儿童家具色彩宜明快、亮丽，以偏浅色调为佳，比如淡黄、淡蓝、淡粉、豆青、白色；或榉木、枫木、樱桃木纹理的本色。儿童房的家具，最好选择亚光面的。因为，非环保油漆难以做出亚光效果。尽管环保漆的耐磨损性、耐碰撞性不如非环保漆，但还是要以有利儿童健康为优先。

装饰细节
深海的蓝色床头配上蓝格子的床单，跳动的海洋蓝犹如此起彼伏的海浪。

装饰细节
白色的枕套和床，恰到好处地稀释了深色床单带来的"压迫感"，让空间显得疏密相间、错落有致。

装饰细节
淡蓝色与咖啡色的搭配，比单纯使用蓝色显得更加沉稳，家具采用白色，原木色来为卧室打底，是不错的选择。

装饰细节
将不同的蓝色组合运用在同一个房间里，带来醒目的装饰效果，使人心生愉悦。

装饰细节
卧室中深蓝色的床品与黑色的布艺相搭配，很有稳重、大方的视觉感受。

装饰细节

浅蓝色的墙面加强了空间的通亮度，和咖啡色系的床品在色彩上具有明显的反差，让空间大气、沉稳。

装饰细节

卧室中采用了地中海式的蓝白色调，但又舍弃圆弧线条设计，而保留了直线条的简练，显得清爽怡然。

装饰细节

在这间蓝色调卧室中，摆放了白色铁艺床，配上毛绒床盖，构成了浪漫唯美的卧室空间。

健康提示 隐蔽空间要清洁

卧室、儿童房内应给自己或孩子留下尽量大的活动空间，床下也要留有适当的空间，利于床垫透气，不要堆放会挥发出异味的物品，如鞋子、不洁衣物等。

精彩看点 *1* 质朴床单

精彩看点 *2* 蓝色被褥

精彩看点 *1* 质朴床单 暗色系的蓝色调被单，低明度的色彩搭配在一起，成熟而稳重。这样的基调搭配不同的辅助色，营造出一种乡村质朴的气息。

精彩看点 *2* 蓝色被褥 深蓝色的被褥和暗蓝色条纹的床单，占据了卧室主要的视觉空间，蓝色的深沉，让人觉得很安静。

精彩看点 *3* 格子床单 一间阁楼上的小卧室，其本身的空间也不大，所以要选用蓝色系的格子床单，来让卧室显得明亮而干净，这样在视觉上也可以扩大空间感。

精彩看点 *4* 蓝色的床 床是卧室少不了的家具，给床换上蓝色的床罩，让儿童房充满了宁静。

精彩看点 *3* 格子床单

精彩看点 *4* 蓝色的床

健康提示 冬季的温暖换装

　　如果是已经设计好的儿童房，为配合季节的变换，可以在床饰及布艺上动动心思，要尽量选择暖色调的色彩，厚质感的织物，增强温馨感觉。另外，取暖设施的选择一定要慎重。

装饰细节

不同图案的靠枕混搭在一起，是为房间增加视觉冲击力的经典方法，营造出浪漫轻松的卧室氛围。

3.4 绿色系卧室、儿童房
绿色是清新自然的颜色

绿色是一个让人感觉很舒适的颜色，也是代表大自然的一个色系。在卧室装修时，选择绿色系的色调装饰卧室，可以使卧室显得很清新自然。绿色也是让人们安静下来的颜色，让人可以得到舒适的睡眠。

绿色也是最适用于儿童房的颜色。它明亮而不刺眼，令儿童居室充满生机却又不会过分刺激眼球。绿色还可以缓解视觉疲劳，让孩子在学习之余眼睛可以得到充分的休息。绿色让人感觉到很安静，但又不失天真、活泼的气氛。纯纯的绿色，可以为孩子打造一个自然的空间。

健康提示　合理为儿童房选色

儿童房间所有的色彩以浅色或纯白色为宜。儿童房间色彩的运用会影响到孩子性格的发展。一般来说，3岁之后，男孩房间可以使用较为硬朗的红色、蓝色；女孩房间则可以用柔和的纯色，如粉红、湖蓝或苹果绿等。而要满足孩子对色彩斑斓的需要，可以在整体柔和明亮的大背景下，用可不断变化色彩的装饰品，如窗帘、彩带、画面等，以此来调动孩子无限的想象力。

装饰细节
选择条纹或者印有绿色花纹的床品，比选择深绿色或者纯绿色的单品更具有空间魅力。

装饰细节
草绿色的背景墙，使卧室春意荡漾，搭配上白色的家具，显得很清爽。

装饰细节
设计简洁大方，绿色空间搭配律动的壁纸，让青春的活力释放到空间的每一个角落。

装饰细节
浅绿墙壁搭配海蓝条纹的床单，把炎热挡在屋外，留给卧室的是自然清新，质朴中透着素雅。

装饰细节

空间中大量使用绿色未免显得单调，所以床和墙面的颜色是有区别的，让卧室的色彩富有层次。

健康提示　儿童房忌放杂物

孩子的日常用品较多，分类归置会很方便。由于儿童房间比较小，不宜堆放杂物。比如零食、药品等，这些杂物不仅不利于室内卫生，也不利于孩子培养好的生活习惯，影响身心健康。

装饰细节

墙壁的颜色选择了很清新的豆沙绿色，可以让整个房间的氛围停留在初夏的自然气息里。

装饰细节

青柠糖果色缔造一个纯真活力的儿童房空间，带给孩子清新、怡人的感觉。

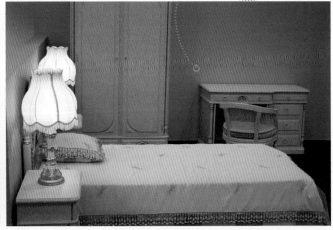

精彩看点 *1* 橄榄绿色床品　　　　　　　　　精彩看点 *2* 暖绿色的空间

精彩看点 *1* **橄榄绿色床品** 橄榄绿色和粉绿色为主色调的床品，很适合男孩的卧室色彩搭配方案，给他们营造一种清新而理性的空间。

精彩看点 *3* **清爽的草绿色** 鲜艳的草绿色占据了一个墙面，小巧的单人床和椅子也使用了同样的颜色，使儿童房显得很清爽。

精彩看点 *2* **暖绿色的空间** 暖色调的光源呼应整体的色彩风格，深棕色与粉绿色产生小面积的色彩对比，使空间更显活力。

精彩看点 *4* **绿色搭配粉色** 绿色是孩子们都非常喜欢的颜色。它相当的明亮，使用绿色的墙壁搭配粉色的布艺，十分鲜嫩可爱。

精彩看点 *4* **绿色搭配粉色**

精彩看点 *3* **清爽的草绿色**

装饰细节

粉绿色的墙壁配上原色的原木低碳家具，显得很稳重大气，红色的窗帘也是卧室的一个亮点。

②

③

①

④

⑥

⑤

健康家装细节1500例

卧室
儿童房

04
Chapter

主体墙设计

主体墙面装饰当下也成为了家居装饰的一个重要环节，成为扮靓居室空间的一处亮点，做好主体墙面的装饰，可以使卧室更加美观，也给人们一个视觉中心，让卧室的装饰风格更加明显，营造一种更加和谐的居住空间。主体墙面装饰的手法也是多种多样的，我们可以根据自己的需求，来选取不同的材质和手法进行装饰设计。

4.1 壁纸装饰卧室、儿童房

壁纸装饰要注重环保

壁纸是现代装修中最常用到的一种墙面装饰材料。它色彩多样、花色丰富，越来越多地为人们所喜爱。家里最常使用壁纸的地方是卧室和儿童房。卧室是最秘密的空间，承载着主人的喜好。虽说原则上以主人最喜欢的花色为准，但一般来讲可以分为两种情况。大花色，成就浑然天成的大气；小碎花，营造极致浪漫的温婉。通常而言，卧室装饰偏向于女主人的喜好，如果女主人是个干练的职业女性，居家装饰就要体现一种豪放与大气。不妨选择床对面的墙做主体墙，铺贴与其余三面墙完全不同的花卉图案的墙纸，注意花形的颜色与其他墙体颜色一致，整体感觉大气浪漫，而又充满艺术之感。

儿童房最适合使用壁纸，而其壁纸花色也是最漂亮的。儿童房壁纸的首要要求就是环保，其次才是风格。同时儿童房，因主人的年龄差异而选用不同的壁纸。10岁以下孩子的很多知识都是从直观认识得来的，所以孩子的房间可以贴一些卡通图案的壁纸，有助于刺激孩子的感知。而10岁到18岁的孩子，最讨厌被当做小孩子，所以装饰不能太幼稚。卧室基色，男孩子房间用冷色调，女孩子房间用暖色调，并在腰线装饰一些时尚的图案。女孩子房间可以放一些Q版的时髦女孩图案，男孩子房间则适合运动元素。

装饰细节
美丽的花朵图案可以为墙面带来生机感，让淡淡的花香和迷人的气息充满整个房间。

装饰细节
白色调的沙发床，可以为儿童房带来青春的活力，亮丽的色彩让房间活跃起来。

装饰细节
卧室整面墙壁全部覆盖上相同的壁纸，让整个空间被打造得更加突出，避免原来的简单无奇。

装饰细节
如果不喜欢太过花哨的房间，那就让简约的蓝白条纹为你营造宁静和安逸吧。

精彩看点 *1* 古典纹路壁纸　精彩看点 *2* 荧光效果壁纸

精彩看点 *3* 条纹效果壁纸

精彩看点 *1* **古典纹路壁纸** 在现代家庭装饰中，这种摸上去很有质感、有纹路的壁纸是一个非常好的选择。它能和房间里的其他装饰配件相搭配，让设计看上去更加高雅。

精彩看点 *2* **荧光效果壁纸** 用简单花纹的荧光壁纸装饰床后的背景墙，灯光打在上边有斑驳绚丽的亮点。房间里放上相应的配饰，整个卧室就成了一个完美的设计。

精彩看点 *3* **条纹效果壁纸** 条纹的半墙壁纸，不仅很好地迎合了家具的主题风格，而且还让周围的空间显得有序，是这间卧室理想的装扮。

精彩看点 *4* **抽象图案壁纸** 米色抽象图案壁纸配合造型简洁的家居，整体空间显得很有律动的感觉。

精彩看点 *4* 抽象图案壁纸

装饰细节

雍容华贵感的壁纸为
生活带来典雅的享受，
富有象征意义的花纹图
案配上银灰的底色，
展现奢华的感
觉。

壁纸
选购

　　人们在卧室中的时间很长，因此空气质量很重要。卧室壁纸最好选用天然环保型材料，纯纸壁纸、木纤维壁纸等都不错。卧室需要营造静谧、温馨的氛围，因而可挑选浪漫温婉的小碎花图案或者简洁大方的大花，但不要太繁复。

　　儿童房是孩子休息、娱乐的主要空间，壁纸作为大范围布置空间的元素，在一定程度上影响着孩子的身心健康，甚至性格发展趋向。在材质上，环保因素要放第一位，各种天然材料壁纸是首选，而且一定要选用品牌产品；在设计上，一定要结合孩子的性格特点和爱好来选择，碎花暖色调适合女孩房间，条纹冷色调适合男孩房间。

健康提示　　鉴别环保壁纸的窍门

　　看：主要看是否存在色差、死褶、气泡，图案是否精致而且有层次感，色调过渡是否自然，对花准不准。好的壁纸看上去自然、舒适而且立体感强。
　　摸：用手触摸壁纸，感觉其涂层牢固度以及厚薄是否均匀。
　　擦：用微湿的布稍用力擦纸面，如果出现脱色或者脱层现象则说明壁纸质量不好。
　　闻：闻一下壁纸是否有异味，如气味较重则说明甲醛、氯乙烯单体等挥发性物质含量可能较高。

装饰细节

条纹壁纸作为室内背
景与家具和物品搭配在
一起显得浑然天成，感
觉室内充满温馨和浪
漫。

4.2 木纹面板装饰卧室、儿童房
木纹面板装饰墙面要注重材料的环保性

现在使用原木材质装饰墙面，越来越受到人们的喜爱，那种自然的质地使卧室显得很有乡土气息。简洁、明快富有节奏感的木纹面板装修风格也受到人们的认可。深色木纹面板简练而富于韵味，给人庄重执着而又不乏个性的感觉，浅色木纹面板搭配运用能够让空间更加自由轻松。在整个家居装饰中搭配深浅不同的木纹面板，能带来视觉的跳跃感，使房间错落有致，也显示了明快的节奏感和时代感。

装饰细节

浅色地板、木茶几、木柜子、格子布，再配以条纹面板，整个空间洋溢着田园气息。

装饰细节

对称的木纹面板背景墙，使卧室显得简约大气，绿色植物的搭配，营造自然轻松的氛围。

装饰细节

经典的深色木纹面板，在壁灯的打照下，与整个卧室的色调浑然一体，给人富丽堂皇的感觉。

精彩看点 *1* 主导风格

精彩看点 *2* 拓展空间

精彩看点 *1* 主导风格 房间的大部分墙面都以木纹面板来装饰，整体以原木色为主，极简的家具搭配，透着舒适与惬意。

精彩看点 *2* 拓展空间 在床头的两边墙面上各做了一个深棕色木纹面板来装饰墙面，从视觉效果上将卧室空间拓展得更为宽敞。

精彩看点 *3* 极品点缀 浅色的木纹面板点缀在卧室墙壁上，结合暖色的台灯灯光，营造出一种朴素自然、温馨舒适的卧室空间气氛。

精彩看点 *4* 突出主题 这个空间整体以简约为主，主题繁复的装饰和华丽的颜色并不是表达家居性格的唯一方式，简单的木纹墙面更好地表达了舒适与惬意的主题。

精彩看点 *3* 极品点缀

精彩看点 *4* 突出主题

装饰细节
流畅的空间线条、蓝色系为主的色彩安排，营造空间的自在明快，形成明度通透光洁的舒适空间。

4.3 乳胶漆装饰卧室、儿童房
乳胶漆装饰要注重颜色的搭配

乳胶漆是乳胶涂料的俗称，具备了与传统墙面涂料不同的众多优点，如易于涂刷、干燥迅速、漆膜耐水、耐擦洗性好等。此外，现在的乳胶漆还具备了人们所关心的无污染、无毒、无味的优点，而这些优点正是卧室、儿童房装饰时达到优质环境的保证。因此，乳胶漆已经成为越来越多家庭在装修卧室、儿童房时的首选。使用它来装饰墙面，打造多姿多彩的卧室风尚。

装饰细节
纯度很高的橙色寝室墙面，让亮光度凸起，搭配米色的床品，色彩调和一致，为空间带来浓浓的暖意。

装饰细节
米黄色的环保型乳胶漆墙壁将房间的所有元素连接在一起，在墙壁的映照下显得更加温馨、自然。

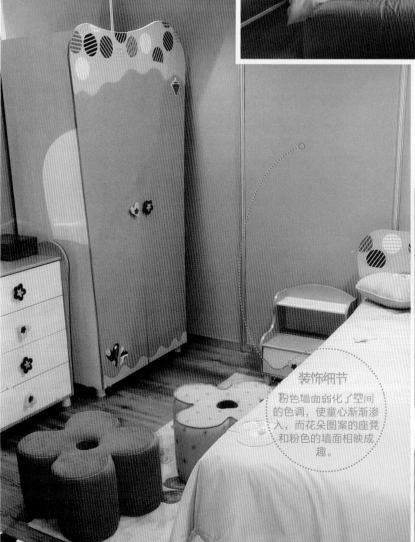

装饰细节
配色清爽亮丽，亮粉色的乳胶漆墙壁设计让人心情大好，十分养眼，这样的寝室必然让你依恋！

装饰细节
粉色墙面弱化了空间的色调，使童心渐渐渗入，而花朵图案的座凳和粉色的墙面相映成趣。

精彩看点 *1* 绿色

精彩看点 *2* 天然

精彩看点 *1* **绿色** 暗绿色墙壁让寝室显得很自然，而当中的树叶图案增加了一丝活力和动感，让空间大气、沉稳但不沉闷。

精彩看点 *2* **天然** 淡绿色的整体色调让这间寝室干干净净、清透，显得加倍协调和完美，就像几朵小花盛开在当中，为寝室注入更多的天然元素。

精彩看点 *3* **搭调** 浅紫色的墙面，被浓浓的薰衣草味道包裹，没有多余润饰的橙色家具，色彩上和墙面十分搭调，轻巧中透露出高雅。

精彩看点 *4* **浪漫** 浅橙色很轻易就把人带往那片美丽的爱琴海，为寝室营建了更完美的地中海氛围，诉说着淡淡的浪漫情怀。

精彩看点 *4* 浪漫

精彩看点 *3* 搭调

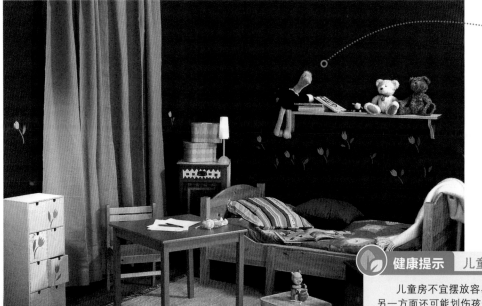

装饰细节

深红色的寝室墙面，是青春靓丽的完美表现，搭配多彩的床单和可爱的玩具，从恬活跃了空间的氛围。

健康提示 儿童房不宜摆放容易破碎的物品

儿童房不宜摆放容易破碎的物品，一方面会造成浪费，另一方面还可能划伤孩子，此外也容易使孩子丧失拿取物品的信心。

　　石膏是以熟石膏为主要原料掺入添加剂与纤维制成，具有质轻、隔热、阻燃等性能，上墙后附着力强，操作简便，随拌随用，使用石膏做造型来装饰卧室墙面，比较容易出造型效果。施工后罩面致密光滑，使室内装饰装修浑然一体，立体感强，整体性好。装修中使用越来越普遍，尤其是石膏的保温、吸声等特性在卧室、儿童房的装饰时得到了更多人的青睐。

　　石膏造型的装饰图案、颜色若选择得当，搭配相宜，则装修效果大方、美观、新颖，给人以舒适、清雅、柔和的感觉。

装饰细节
蓝白色的淡雅卧室，采用石膏造型进行装饰，使墙面在平淡中透出一些变化，充分的把各个家具融为一体。

装饰细节
在朦胧、柔和的灯光下，石膏造型的装饰使得墙壁的空间层次感更加强烈。

装饰细节
蓝色的石膏造型覆盖整个房间，就像晴朗的天空与金色的大地，色彩真实而立体，让人心情安静明朗。

装饰细节
石膏造型将墙体分隔为两部分，上部分配以精美装饰物，下部分为浅色，使其与地板的衔接更加自然。

装饰细节

洁白的内装饰，立体感强，整体性好，加上装饰画的点缀，更加增强了整个卧室的简约风格。

装饰细节

金色的窗帘、金色的床品、米黄色地毯，配以淡黄色石膏线条造型，使得富贵典雅的色调弥漫开来。

装饰细节

吊顶采用白色的石膏造型来处理，深色的沙发恰当地布置在房间中，体现了房间主人的生活品位。

装饰细节

线条清晰，大面积的白色石膏造型让房间显得非常干净，柔和的灯光给整个卧室增添了独特的韵味。

4.5 混合材质装饰卧室、儿童房

混合材质装饰卧室要注重整体美观

混合材质是天然材料和人工合成材料的综合运用，如胶合板、纸、混纺料等。使用混合材质装饰卧室的墙面，是现在流行的装饰手法，它可以打造出很多我们想要的装饰效果。

混合材料会保持部分原来的特质，摒除了原本的缺点，在卧室、儿童房装饰中起着不可替代的作用。

装饰细节

采用混合材质制作的黑色网状背景墙，在藏灯的照射下，给整体卧室空间添加一丝神秘而典雅的特质。

装饰细节

灰色格子状的面板装饰，与窗外的高楼、海岸线一起组成了一幅简约、现代的城市美景。

装饰细节

浮雕的叶片、花朵、果实，在朦胧灯光的照耀下，显得栩栩如生，给人一种和谐自然享受丰收的愉悦。

健康提示 用茶水去油漆味

新买的木质家具会散发出油漆味，可以用茶水擦洗几遍，油漆味会消除得快一些。

精彩看点 *1* 精致生活

精彩看点 *2* 宁静庄重

精彩看点 *1* 精致生活　色调选择了中性色彩，材质上也采用了深棕色混合材质，每一处细节都体现了主人的精致生活品位。

精彩看点 *3* 色彩搭配　把墙体颜色设计为浅色，搭配亮绿、明黄等春季色彩，让读书和工作都充满活力。

精彩看点 *2* 宁静庄重　采用传统色的家具，搭配以深绿色墙体，点缀以金色图案，整个房间显得宁静而庄重。

精彩看点 *4* 元素跳跃　卧室中的背景墙用浅色粉刷，通过逐个元素的变化。房间里的落地灯、茶几和厚绒地毯，营造简约奢华气氛。

精彩看点 *3* 色彩搭配

精彩看点 *4* 元素跳跃

装饰细节

卧室略带灰色的感觉非常低调，灰色的中性色彩让装饰物和艺术品都能和谐地融合成一个整体。

健康提示　辨别环保油漆

1. 环保型油漆由于选用进口原料配制，亮光漆色泽水白、晶莹透明；亚光漆呈半透明轻微浑浊状，无发红、泛黑和沉淀现象。

2. 一般情况下，环保型油漆气味温和、淡雅，芳香味纯正；劣质漆一打开漆罐，就散发出一股强烈的刺鼻气味或其他不明异味。目前部分劣质漆也有香味，但就如劣质香水一样，中闻不中用。

3. 购买时应仔细询问油漆的价格、环保安全性、质量承诺、服务承诺等，并查阅相应的新国标检验报告以及ISO9001证书等；环保型油漆都备有国标检验报告和相应证书。

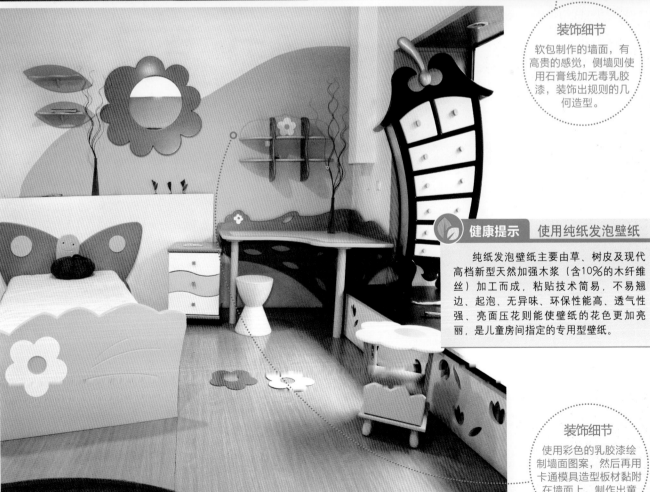

装饰细节

软包制作的墙面，有高贵的感觉，侧墙则使用石膏线加无毒乳胶漆，装饰出规则的几何造型。

健康提示　使用纯纸发泡壁纸

纯纸发泡壁纸主要由草、树皮及现代高档新型天然加强木浆（含10％的木纤维丝）加工而成，粘贴技术简易，不易翘边、起泡、无异味、环保性能高、透气性强、亮面压花则能使壁纸的花色更加亮丽，是儿童房间指定的专用型壁纸。

装饰细节

使用彩色的乳胶漆绘制墙面图案，然后再用卡通模具造型板材黏附在墙面上，制作出童话主题墙。

装饰细节

采用壁纸与复合材质
制作的帘子，作为床头
背景墙，打破了墙面装
饰的单调感，营造出
温馨典雅的空间
效果。

装饰细节

大理石背景墙的中间
使用了软包的手法来做
中心的装饰，很有豪华
的感觉。

装饰细节

使用石膏制作出立体
的穿插墙面，再在墙面
边线装置一些灯管照
明，还贴了华丽的壁
纸装饰墙面。

健康家装细节1500例

卧室
儿童房

05
Chapter

地面装饰

许多家庭在装修中非常重视家具、橱柜等整体颜色的搭配，却鲜有人考虑地板材质和颜色与家具及整体家居环境的搭配。家庭的整体装修风格和设计理念是确定地板颜色和材质的首要因素。现在市面上的地面装饰材料多种多样，我们可以根据自己家居设计的需要来加以选择。

在家庭的装修中，合理地运用地板色彩、线条的搭配，才能营造出十分舒适的视觉空间。这样，既能增加居家的生活情调、提升装修品位，同时也扩大了地板的装饰效果。当然，家庭的整体装修风格是确定卧室地板款式和颜色的首要因素。木地板难保养已经是过去式了，现在无论是实木地板还是强化地板在耐磨度上都有了很大提高，强化地板更是由于耐磨系数好而免去了后期保养的很多问题。而地砖时间久了会因为不容易清洗和打理而出现黑缝，地砖与地砖间因为纳垢而越变越黑，不但影响美观而且影响健康。尤其一块坏掉便需要全部更换地砖，非常浪费，而木地板出现类似情况却可以单片更换，很方便。

装饰细节
在大房间用几种不同样式混合装饰。定做拼花木地板，采用西卡胶粘接工艺，仅适用于满铺安装。

装饰细节
实木复合地板具有实木地板木纹，自然美观、脚感舒适、隔音保温等优点，又克服了实木地板易变形的缺点。

装饰细节
实木复合地板具有光泽美观、耐热、耐冲击、防霉、防蛀等优点，且价格低于实木地板。

装饰细节
实木地板结实耐用，脚感好，隔音性能好，而且冬暖夏凉，尤其适用于居家环境的室内装修。

精彩看点 *1* 白蜡木地板

精彩看点 *2* 橡木地板

精彩看点 *3* 实木地板

精彩看点 *4* 软木地板

精彩看点 *1* **白蜡木地板** 白蜡木地板作为地中海风格的常用元素，以其自然的木质纹理和清新的色彩，让地中海风格的家，显得更加宽敞明亮。

精彩看点 *2* **橡木地板** 橡木地板其天然造就的超级硬度和独特的粗犷纹理，加之温润的柚木色泽，演绎出豪情与温馨相融合的氛围。大气而不浮躁，厚实而不笨重。

精彩看点 *3* **实木地板** 再高档的木地板如果不能和家里的色彩统一协调，也是浪费。浅色材质的色彩均匀，风格明快，能充分烘托家庭温馨气氛。

精彩看点 *4* **软木地板** 软木地板具有高强度的耐磨性能，能很好地抵抗轮椅以及带轮家具的摩擦，也具有较好的抵抗压迫和再恢复性能。

 健康提示 **不要光着脚在木地板行走**

　　客厅铺了木地板，许多人都会因为木地板的温暖而爱光着脚在上面行走。时间长了，却发现不知不觉浑身酸痛起来。其实，正是人们忽视了木地板本身易受潮气、湿气的特点。长期光着脚在木地板上行走，凉气和湿气就会从脚心传入身体，从而引发风湿等疾病。所以，为了你的身体健康着想，还是穿上一双舒适的鞋吧。

地板选购

　　在选购之前，首先要知道自己住宅的档次、朝向、面积，最好画个平面图以便总体规划，具体分配各个房间的使用功能，然后因地制宜地选择地板；一般来说年轻人由于工作学习比较忙碌，因而与老人、孩子的要求不可能完全一致最好全家讨论达成共识，再确定地板的选购方向；还要考虑地板的使用性能，是暂时还是长久，在铺设施工中会不会对周围建筑造成破坏；最后还要考虑自己的经济承受能力。木地板种类主要有十几种，最好事先明确目标再去挑选。种类确定后，须进一步确定树种、花色、档次、价位、规格。在确定了购买意向以后，还须进一步地明确：①地板的质量；②铺设的方法；③保修的承诺。原则上买谁家的地板就让谁家铺设，免得以后出现质量问题相互推诿责任，使消费者蒙受不必要的损失。

5.2 地毯装饰卧室地面
地毯装饰卧室应注意实用性

在卧室中使用地毯，不少人的脑海中首先浮现的是洋溢着浓郁异域风情的地毯，花纹繁复、图案华丽。这类地毯延续古典的图案，古朴中流露出典雅、高贵的气息。地毯的风格基本上包括古典、现代、中式、自然、田园等。自然风格的纯天然色羊毛地毯，将自然发挥到极致；而田园风格的地毯多将大自然的色彩和图案融入其中，色彩鲜明、线条干净利落，自然而不张扬，舒适而雅致。实木家具非常适合与这类风格的地毯搭配，而现代风格的地毯则适合搭配布艺床品和板式家具。中式风格家具，如古典红木家具则应选择绘有花鸟山水、福禄寿喜图案的中式地毯来搭配。

装饰细节
现代风格的米色地毯可增加空间感，令宽敞的房间幽静、淡雅。

装饰细节
卧室放置小块紫色地毯，不仅可以为卧室增加温暖，更能点缀卧室空间。

装饰细节
化纤地毯外观与手感类似羊毛地毯，耐磨而富有弹性，具有防污、防虫蛀等特点，而且清洗方便。

装饰细节
营造温馨舒适的卧室环境，羊毛地毯成为首选。如果满铺有点奢侈，那么就在床的周围放置地毯。

装饰细节

地毯和家具的颜色相
协调，如可以尽量采用
同色系，以免视觉上过
于杂乱。

地毯选购

选择地毯时首先应根据每个家庭的消费水平选择不同档次的地毯。同时，应考虑到"四防""二耐"，即防污染、防静电、防霉、防燃和耐磨损、耐腐蚀。"四防""二耐"在国产地毯中很难同时具备，因此，每个家庭可根据实际情况选择。选择地毯时，除了对纤维选择外，还应与铺设的地方、空间的大小、家具的款式、房间的整体布置相适应。根据每个房间的特点，选择编织、纤维材料、长度和色彩。如室内有轮椅、童车等脚轮车经常活动，应选择不怕压、易清洗的塑料地毯或合成纤维地毯。选择化纤和羊毛地毯时，切忌选割线，因割线虽柔软舒适，但不耐磨损。在人流量较大的房间应选择绒量较大、绒间距较小、耐磨损性能好的圈绒，带麻衬的机织地毯。有幼儿的家庭，应偏重选择耐腐蚀、耐污染、易清洗、颜色偏深的地毯，如化纤毯、羊毛毯。

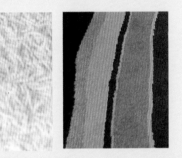

装饰细节

长绒质地的物品能给
人温暖的触感，尤其是
在寒冷的季节，长毛绒
地毯是卧室不可或缺
的搭品。

装饰细节

经过特殊的工艺处理
后，羊毛地毯具有抗静
电能力，而且可以吸收
有毒气体，如甲烷、
二氧化碳等。

装饰细节

椰麻地毯具有平衡湿
度、保持室内干爽的功
能，实用价值和保健功
能都很高，适合夏天
使用

5.3 地板装饰儿童房地面
地板装饰儿童房应注重安全性

　　由于儿童的活动力强，所以儿童房地板选材宜以柔软、自然素材为佳，如原木、瓷砖等，这些耐用、容易修复、非高价的材料，可营造舒适的睡卧环境，也让家长没有安全上的忧虑。不要为了防磨损而选择瓷砖地面，应尽量选择木质地板。目前普遍使用的三大地面材料：实木地板类、复合地板类、石材瓷砖类，可以根据孩子的需要加以选择。

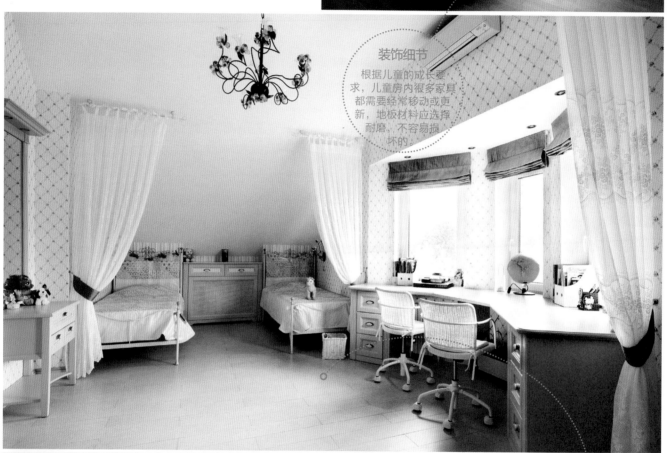

装饰细节
根据儿童的成长要求，儿童房内很多家具都需要经常移动或更新，地板材料应选择耐磨、不容易损坏的。

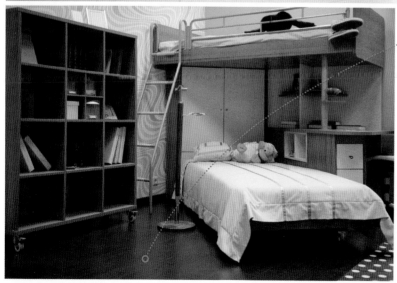

装饰细节
地板表面光滑平整很重要，凹凸花纹、接缝容易掉进脏东西，又不容易清洗打扫，容易影响孩子的身体健康。

装饰细节
软木地板质地柔软，不仅耐磨而且舒适，尤其在儿童房铺装可以防止老人和孩子意外跌倒而造成伤害。

健康提示　儿童房选用地板须知

　　由于儿童喜欢在地面玩耍，孩子房间不宜用石材地面，最好用实木地板或免除跌打受伤的软木地板，也可以选择避免接触污染的抗菌地板，另外铺地板时不要在地面上直接洒杀虫剂。

精彩看点 *1* 易清洗地板　　　　　　　　　　精彩看点 *2* 选择环保地板

精彩看点 *1* **易清洗地板** 要选择容易清洁的地板。儿童每天要在地板上玩耍，与地板接触时间多，经常清洁地板，保证卫生是很重要的。

精彩看点 *2* **选择环保地板** 儿童房地板材料应采用无毒的安全绿色建材为佳，应挑选耐用的、承受破坏力强的、使用率高的地板材料。

精彩看点 *3* **地板不宜有接缝** 地板材质应该有舒适的触感，并且便于清洁，不能够有凹凸不平的花纹、接缝。

精彩看点 *4* **软木地板** 软木地板的原料就是橡树树皮，与实木地板比较更具环保性、隔音性，防潮效果也很好，给人极佳的脚感，非常适合儿童房使用。

精彩看点 *3* 地板不宜有接缝　　　　　　　　　精彩看点 *4* 软木地板

装饰细节

孩子们喜欢在家中追跑打闹，所以选择防滑的地砖非常重要，可以降低孩子们玩耍时的危险性。

5.4 地毯装饰儿童房地面
儿童房间铺设地毯要注重美观性

在给孩子布置房间时，地面绝对是一个不能忽视的角落。在孩子离开摇篮之后，地面自然就成了他们接触最多的地方。不管父母怎样告诫，孩子们仍然喜欢在地面上淘气地摸爬滚打，天性使然，仿佛那就是一个硕大的游乐场，是他们最自由的空间。因此，地毯便顺理成章地成为主角，来掩盖住冰冷坚硬的地面，让孩子们在上面尽情玩耍。这样陪孩子们在地毯上嬉戏时，就不用担心孩子们跌倒受伤了。地毯不同于地砖、瓷砖的冰冷，现代的地毯以丰富的色彩和独有的质感，给人带来舒适的优质生活感受。

装饰细节
在儿童房铺设地毯可以营造卧室宁谧的氛围，也可以吸收及隔绝声波，有良好的隔音效果。

装饰细节
配合儿童房的整体风格，摆放小块的卡通图案地毯，可以活跃房间气氛。

健康提示　地毯装饰儿童房须知

因为地毯容易藏纳尘土、纤毛、细菌等，于是也就增加了孩子患过敏性疾病的机会。如果在儿童房铺有地毯，最好要经常清洗，以免造成螨虫或者细菌污染。

装饰细节
小块地毯的丰富的图案、绚丽的色彩、多样化的造型，能美化家居环境，体现个性。

装饰细节
咖啡色的方块图案地毯，柔和的色调中和了房屋的颜色。绵软的质感，也可以防止小孩摔倒时受伤。

健康家装细节1500例

卧室
儿童房

06
Chapter

家具布置与挑选

卧室是私人性很强的空间，每个人都可以根据自己的起居习惯来合理地布置属于自己的环境，现在市场上有多种家具可供大家选择，居室的空间大小和美观不仅反映在面积和房间数目上，更多的是体现在装修的设计和布置上。通过合理的布置，充分利用巧妙的设计，可以让小小的房间变得更开阔。

6.1 床的种类与摆放形式
选择优质的床提高睡眠质量

在卧室里，最主要的家具就是床。床的造型多变，能够符合现代人不同的喜好需求，包括现代感十足的设计，古典、新古典及乡村风情等。

比较有特色的床有沙发床、锻铁床、架子床、电动床、禅式床、贵妃床等类型。

床摆放的舒不舒服、合不合理是很讲究的。一般来说，双人床的高床头应靠墙，床要三面临空；床不应该对着门放置，否则会产生房间狭小的感觉，而且开门见床也不太方便；床的位置应远离窗口。现代医学研究表明，人睡觉的最佳方向是头朝北，脚冲南。这样人体的经络、气血与地球的磁力线平行，有助于人体各器官细胞的新陈代谢，并能产生良好的生物磁化作用，有催眠效果。反之，容易产生较强的生物电流，可能对有些人的睡眠产生某种不利的影响。

装饰细节
原木家具指用纯实木原料制作的，只刷清漆和基础打蜡保护，能显露出木材原始自然的纹路肌理。

装饰细节
符合家具时尚历久不衰的极简风格，其低明度色系、简约的线条，最能营造宁静平和的氛围。

装饰细节
稳固的结构、简洁的造型，是未来时期内床具的设计主流方向。

装饰细节
架子床做工精美清雅别致，古朴大方，为卧室做了独到的点缀。

精彩看点 *1* **方便实用**　　精彩看点 *2* **温馨舒适**

精彩看点 *3* **节省空间**

精彩看点 *1* **方便实用** 使用床的两个人可以从两个方向上下床，相互不影响，因为卧室的空间不大。

精彩看点 *3* **节省空间** 选择床底带有储藏箱或者抽屉的床，相当于一个横躺着的柜子，床下同样可以放许多东西，可以为你节省很多空间。

精彩看点 *2* **温馨舒适** 双人床的高床头应靠墙，床要三面临空，这样夫妻双方起居方便，营造既满足个人习惯又互不干扰的休息环境。

精彩看点 *4* **安静睡眠** 床的位置应该尽可能地远离大门，避免楼梯间传来的嘈杂声音干扰睡眠，以增加心理安全感。

精彩看点 *4* **安静睡眠**

装饰细节

需要注意不要将床对着镜子，因为人在模糊的状态下，可能会因镜子的反射而受惊。

装饰细节

床位于卧室中的位置要求光线柔和养眼，如光线太强，光线刺激眼睛，就会影响睡眠。

装饰细节

床身最好不靠墙，因不利于整理铺床。床的位置和风格确定之后，卧室装饰的其余部分也随之展开。

装饰细节

要想睡得舒服，床垫是重点。经验告诉我们，良好的床垫应该坚固，足以在各个部位承托你的身体。

健康提示 购买家具要寻找绿色标志

选择人造板材等材料制作的家具，要注意查看家具上是否贴有国家认定的"绿色产品"标志。凡贴有此标志的家具，即可以放心购买和使用。

装饰细节

其精致的工艺锻造出优雅的曲线造型，为空间增添了艺术感。

装饰细节

既可以当做睡床，又可以当成沙发使用，在设计结构上较为简单。

装饰细节

人睡眠的最佳方向是头朝北，脚冲南，有助于人体各器官细胞的新陈代谢。

健康提示 购买家具要闻闻味道

在挑选家具时，要打开门闻一闻里面是否有强烈的刺激性气味。如果您购买的是品牌家具，那么可以仔细询问销售人员，请他们对气味做出合理解释，同时查看质检合格证，如果确实通过国家检验，有些气味是油漆、黏合剂等必然附带的，回家之后打开柜门一段时间即可消除。

6.2 床头柜的种类与摆放形式
选择床头柜要与床的风格相搭配

与床配套的是床头柜，它是卧房家具中的小角色，它一左一右，心甘情愿地衬托着卧床，就连它的名字也是因补充床的功能而产生。随着床的变化和个性化壁灯的设计，床头柜的款式也随之丰富，装饰作用显得比实用性更重要了。现在的床头柜已经超越简单的辅助家具的作用，设计感越来越强，它们的出现，使床头柜可以不再成双成对地守护在床的两旁，多功能、完美的造型丝毫没有单调感。

床头柜的放置既要考虑美观，又要照顾上床下床和使用方便。可根据需要选择单边放置、或对称摆放。

健康提示 购买家具要了解厂家的背景

在挑选家具时，与销售人员询问价格的同时切记询问家具是否符合国家有关的环保规定，是否有相关的认证等。了解一下家具生产厂家的情况，一般知名品牌、有实力的家具生产厂家，污染问题较少。

装饰细节
玻璃设计的茶几，放在卧床的旁边，小巧而现代。茶几面正好和床沿平行，方便实用。

装饰细节
床头柜的设计，风尚飘逸，温馨浪漫，舒适自然，闲暇又不失精致与隽永。

装饰细节
用实木做出弯曲造型，形体虽小，但坚硬感十足，就像一个小小的保险箱。

装饰细节
整体床头柜，和床头是连在一起的，有很大的收纳空间，可以放置好多东西。

精彩看点 *1* 高度

精彩看点 *2* 靠墙

精彩看点 *1* 高度　在卧室中的床头柜摆放应该高过床，这样有利于睡眠者心理，能够有效地提高睡眠质量。

精彩看点 *2* 靠墙　床头和床头柜宜实不宜虚，床头应该靠墙，尽量不要靠窗，床如果不靠墙的话，床头应该要有床头柜。

精彩看点 *3* 圆角　自己动手打造的床头柜，是由石柱和半圆的木板组成的，很有特色，并且圆角的设计突出了人在活动时不易被磕伤的优点。

精彩看点 *4* 抽屉　在选择床头柜时，最好选择带有抽屉的床头柜，这样有利于收纳一些常用的小物件。

精彩看点 *4* 抽屉

精彩看点 *3* 圆角

床头柜
选购

在选购床头柜时要注意以下几点：

1.若只需要将少量物品收放在床头柜中，选择带单层抽屉的床头柜就足够了，而且也不占用空间。

2.如果需要放很多东西，可以选择带有多个陈列格架的床头柜，陈列格架可以陈列很多饰品，同样也可以收纳书籍等其他物品，想怎么摆放，完全可以根据需要调整。

3.若房间面积小，只想放一个床头柜的话，最好选择精心设计的床头柜，设计感的突出可以减少它的单调性。

装饰细节

床头柜最易脏的是台面，台面上配以钢化玻璃板，不仅能有效地保护床头柜台面，而且更易清洗脏物。

装饰细节

床头柜的位置最好不要受到阳光的直射，经常日晒会使油漆膜褪色，木料容易发脆。

健康提示 购买家具要摸摸家具的封边

　　在挑选家具时，可以摸摸家具的封边是否严密，材料的含水率是否过高。因为严密的封边会把游离性甲醛密闭在板材内，不会污染室内空气，而含水率过高的家具不仅存在质量问题，还会加大甲醛的释放速度。

6.3 梳妆台的种类与摆放形式
梳妆台的摆放不宜冲着床头摆放

"当窗理云鬓，对镜贴花黄"，当一个女人对着梳妆台认真打扮自己的时候，是一道最美的风景。俗话说："闻香识女人"，其实看梳妆台也能识女人，观察一下她常用的香水、最爱的饰品，也能从中洞察她的爱好和性格。

梳妆台按照功能和布置方式，可分为独立式和组合式两种。独立式是将梳妆台单独设立，而组合式是将梳妆台与其他家具组合设置。

梳妆台一般与床平行摆放，便于早上起床更衣后梳妆打扮和睡前卸妆。按传统家相学来说，梳妆台的镜子不要对着门，避免夜间进出房间时被镜中影像吓着，影响睡眠休息。

装饰细节
梳妆台除了梳妆，还起到对镜理容的作用，也在美化空间方面起到了画龙点睛的作用。

装饰细节
独立式梳妆台比较灵活随意，装饰效果往往更为突出，由梳妆镜、梳妆台面、梳妆柜、梳妆椅组成。

装饰细节
如果房间面积不大，建议使用组合式的梳妆台，这样更便于节省空间和增强实用性。

装饰细节
梳妆台也能兼顾写字台或茶几的功能，节省了许多空间。

装饰细节

梳妆台专用的照明灯具，最好装在镜子两侧，这样光线能均匀照在面部。

装饰细节

梳妆镜可独立于梳妆台，下带小抽屉可收藏女子心爱之物，这类梳妆台一般都做工精细。

装饰细节

梳妆台、梳妆凳、镜子、落地灯组合在一起，满足日常生活需求且不占用空间。

装饰细节

采用大面积镜面，使梳妆者可大部分显现于镜中，并能增添室内的宽畅感。

6.4 衣柜的种类与摆放形式

衣柜在选择时要注重美观性与实用性

衣柜是卧室中主要家具，不同种类的衣柜具有不同的优势，也适用于不同的家庭需要。独立式衣柜占地面积小，可节省空间，带有镜面的衣柜门还具有拓展视觉的作用；入墙式衣柜内部空间大，储物使用率高，分类放置衣物，存取方便，有益于保持室内整洁；步入式衣帽间形式多样，可按照自己的需求设置分类，衣物存放一目了然，方便整理归置衣物，便于大件物品收纳。

装饰细节

宽大的走道，可能已经为你预留出壁龛，专门为衣柜而用。

装饰细节

床的一侧是最常见的摆放衣柜的位置，无论是正方形或者长方形的卧室，都比较合适。

装饰细节

如果衣柜的摆放位置、柜体、柜门方面选择正确，独立式衣柜会变得精致好用。

装饰细节

壁柜的收纳功能，利用了进门处墙里面的狭小空间，最大限度满足了收纳衣物的功能。

精彩看点 *1* 拐角衣柜 · · · · · · · · · · 精彩看点 *2* 组合衣柜

精彩看点 *1* **拐角衣柜** 拐角衣柜，适合开间或者面积大、多功能布置的卧室，衣柜能承担隔断墙的作用。

精彩看点 *2* **组合衣柜** 狭长的卧室中，如果一侧墙面有窗子或者门遮挡，不适宜摆放衣柜，那么可以在床头那面墙定做安装组合衣柜。

精彩看点 *3* **收纳篮柜** 衣柜采用整体白枫木材质，简洁的外形设计，很好地搭配室内的其他家具，内部有宽大扁平的收纳篮，妥帖收纳内衣、服饰等小物件。

精彩看点 *4* **考虑采光** 如果房间整体采光好，可以把衣柜设计成顶天立地的款式。如果只有一面采光，那么最好在衣柜上部留出空间，这样自然光可以进入。

精彩看点 *3* 收纳篮柜 · · · · · · · · · · 精彩看点 *4* 考虑采光

 衣柜选购

衣柜的门一般有平开、滑动门和折叠门几种。平开门的合叶承压能力不如轨道，所以平开柜门的门板不宜太宽太重。滑动门节省空间，但是高度不要超过2.5米。衣柜门的密封性要好，防止尘土进入污染衣物，所以要避免使用百叶门。平开门衣柜柜门宽度45厘米~60厘米为最佳，滑动柜门宽度在60厘米~80厘米为最佳。

滑动门用的木板，最好选择10毫米或12毫米厚的板材，使用起来结实、稳定、耐久。门框有碳钢和铝材两种：碳钢类易生锈，目前以铝材类占主流。铝材类有铝镁合金、铝钛合金等。钛金属强度高、比重小、价格贵，其实即便是铝钛合金也有含钛量高低之分。用手指弹击，铝钛合金声音清脆，金属感更强。金属壁厚最低要求达到1.1毫米。滑动门轨道的材质有铝合金，镀锌钢等。

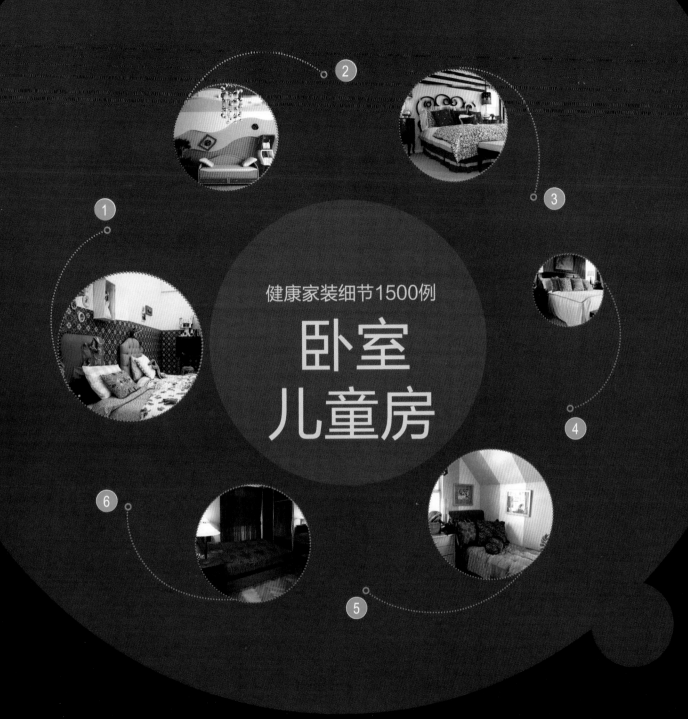

健康家装细节1500例

卧室
儿童房

07
Chapter

软装设计

家居软装指的就是有主题与前期策划的一种配饰陈设设计，这些装饰品包括摆饰、挂饰、灯饰、壁纸、布艺、花艺等，是对室内的二度陈设与布置。但如何放置也有些讲究，否则会适得其反。在卧室中进行软装设计时，要更加注重美观性与舒适性相结合的布置方法，因为卧室是人们休闲的空间，在不影响睡眠质量的前提下做一些让空间更加美观的软装。

卧室是让人摆脱疲惫、养精蓄锐的地方。卧室里的吊灯和床头灯不仅照亮卧室的不同角落,还可以让卧室变换个性,卧室灯光应该以温暖、柔和、惬意为主。适合卧室用的照明灯具有很多,如果喜欢幽暗的睡前氛围,可用台灯或床头壁灯;如果想在睡前看报纸杂志或听音乐,可以设置盏落地灯;如果想感受卧室光线明暗变化所带来的浪漫感受,可以布置一些吊顶筒灯。适宜的卧室灯光布置能给生活带来温馨、安全的感觉,同时又不会给我们的眼睛和身心造成负担。

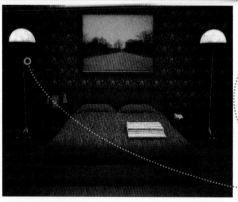

装饰细节
落地灯有不同的采光方式,为了确保视力不受伤害,随时可以调换采光方式。

装饰细节
可以在床边放一盏台灯,看电视的时候需要有一点温和的光源,以减少电视屏幕光线对眼睛的刺激。

装饰细节
壁灯的照明范围不宜过大,局部光源富有艺术感染力,灯罩的选择应根据墙色而定,给人以幽雅清新之感。

装饰细节
可以将落地灯的光线往上打,用做背景照明,调整光线的强弱,营造一种朦胧的美感。

装饰细节
长条式的水晶吊灯悬挂在卧室的一角,从光柱中发出白色的光线,视觉效果柔和、均匀。

精彩看点 *1* 梭形挂灯

精彩看点 *2* 工艺台灯

精彩看点 *3* 书写台灯

精彩看点 *1* **梭形挂灯** 简约大气的梭形挂灯与卧室的整体格调相协调,给人一种后现代风格的艺术感受。

精彩看点 *2* **工艺台灯** 精致的台灯可以进一步强化卧室风格,特点是轻巧、方便、易摆放,风格可以随性而定。

精彩看点 *3* **书写台灯** 书写台灯安置在卧室的床头柜、矮柜,造型色彩千变万化,功能是用于阅读、书写,灯罩多为不透光或半透光材质,以使光亮集中。

精彩看点 *4* **时尚壁灯** 壁灯小巧玲珑,明亮的光感给人以热情愉悦的感觉,壁灯的风格与卧室整体风格配套,起到照明、点缀的作用。

精彩看点 *4* 时尚壁灯

健康提示 卧室灯光设计须知

　　层高较低的卧室,建议选用吸顶灯,不宜用强烈的灯光和色彩。也可选用壁灯、落地灯来代替卧室的顶灯。壁灯宜用表面亮度低的漫射材料灯罩,这样更有利于休息。如果有在床上看书的习惯,床头可安放一个调光型的台灯,安装节能灯或冷光卤素灯,以避免眼睛疲劳。

装饰细节
选购这种吊灯时要看
水晶球有无裂痕、气
泡、水波纹等，因晶莹
通透的水晶球才可以
发挥最佳效能。

装饰细节
珍珠似的挂灯，凸显
奢华浪漫，搭配豪雅的
墙壁和床品，营造出
独特的卧室氛围。

装饰细节
简欧造型的吊灯更像
艺术作品，用搪瓷制
作，光束集中，最能创
造出多彩的艺术光影
效果。

健康提示　不要过多运用彩色射灯

过多运用彩色射灯会导致光污染。长期生活
和工作在这样的环境中，会造成视觉疲劳和视力
下降，并可能出现头晕目眩、失眠、心悸和情绪
低落等神经衰弱症状。

装饰细节
床头灯的灯罩具有遮
光性，光线柔和，又能
营造浪漫氛围。

装饰细节
壁灯的光线注重的是
柔和性。灯的大小、盏
数可依个人喜好来选
择。

装饰细节

环绕在灯饰四周的玻璃吊坠独特的设计展现出波光粼粼的效果，为卧室增添了无穷魅力。

装饰细节

金色的烛台造型台灯，无数个小灯柱散发着柔和的光芒，像中世纪古堡中的陈设，华丽至极。

灯饰选购

　　购买灯饰时应首先察看灯饰上的标记，如商标、型号、额定电压、额定功率等，判断是否符合自己的使用要求。标记安全是灯饰安全性能中的基本要求，其中额定功率尤为重要。

　　注意灯饰中用的导线截面积；购买时可以看一下灯饰上的导线外的绝缘层印有的标记。按有关规定灯饰上使用的导线最小截面积为0.5平方毫米，有的厂家为了降低成本，在产品上用的导线截面积只有0.2平方毫米，在异常状态下，会使电线烧焦，绝缘层烧坏后发生短路，产生危险。

装饰细节

把花朵与灯结合的设计，唯美而有特色。光影斑驳的温馨氛围，让人感到平和而澄澈。

装饰细节

卧室照明的整体氛围强调的是温馨，床头灯还兼具着主人床头阅读、更衣、梳妆的局部照明需要。

7.2 卧室布艺的选择
布艺的选择要注重质感

　　布艺本身具有很强的美感，在家居装饰中起着很重要的作用，适时出现的童趣布艺、靠垫等很容易就能渲染童趣风格，给你带来雀跃心情。用布艺来为居室换装，可以让居室焕发出新的光彩，就像为自己换上了漂亮的新装。再搭配相应的饰品和摆件，立刻就能体味出新鲜的感觉。掌握了换装的技巧，也就掌握了让房间常换常新的美丽秘诀，它自然环保，触感舒适，柔软而妥帖的质感表现出无限的温柔，寒冷季多用棉制布艺来装饰空间，在寒冷的冬季最能营造一个健康舒适又温暖的生活空间。

床头的绿色植物净化室内空气的同时，与彩色布艺一起为空间增强了活力。

装饰细节

柔和甜美的绿色碎花，温婉的气质由内而外散发，使整个卧室显得更加柔美与清纯。

健康提示　购买窗帘布要注意

　　如果窗帘布散发出刺鼻的异味，就可能有甲醛残留，最好不要购买。挑选窗帘颜色时，以选购浅色调为宜，这样甲醛残留量可能会小些。在选购经防缩、抗皱、柔软、平挺等整理的布艺和窗帘产品时也要谨慎。

装饰细节

布艺的选择影响卧室的整体风格，利用床品布艺来装饰，会打造一个拥有无限风景的空间。

装饰细节

暖色的印花面料色彩浓郁，与卧室的整体色调非常一致，形成一道美丽的风景线。

装饰细节

天蓝色布艺渲染了空间的气氛，使得浅色的房间中不再寡淡，呈现出勃勃的生机。

精彩看点 *1* 简约时尚

精彩看点 *2* 淡雅温馨

精彩看点 *1* 简约时尚 浅浅的色彩搭配代表理性的直线条，在简约之中透出干练与典雅，为你带来恬淡宁静的快乐。如雾如幻的色彩、铺陈的氛围让人备感轻松。

精彩看点 *2* 淡雅温馨 淡雅温馨的风格很具亲和力。布艺以活泼温暖的颜色为主，带来平静而甜美的心情，搭配时周围的家具和窗帘等布艺要尽量与之协调。

精彩看点 *3* 色调一致 选择家居布艺主要是色彩、质地、图案的选择。尤其色彩的选择，要结合家具的色彩确定一个主色调，使居室整体色彩、美感协调一致。

精彩看点 *4* 宁静幽雅 蓝色条纹的床品，温馨、浪漫在不经意间流露，沉稳的色调带给你宁静而幽雅的心境。

精彩看点 *4* 宁静幽雅

精彩看点 *3* 色调一致

窗帘选购

　　因为窗帘在居室中占有较大面积，而且是在最亮地段，所以选择时要与室内的墙面、地面及陈设物的色调相匹配，以便形成统一和谐的环境美。例如，墙壁是浅蓝色，家具是浅黄色，窗帘宜选用白底蓝花色。墙壁是白色或淡象牙色，家具是黄色或灰色，窗帘宜选用橙色；墙壁是黄色或淡黄色，家具是紫色、黑色或棕色，窗帘宜选用黄色或金黄色。墙壁是淡湖绿色，家具是黄色、绿色或咖啡色，窗帘选用以绿色或草绿色为佳。

　　窗帘颜色选择还应考虑房间的用途和季节。老年人居住的卧室，可选暗花和色泽素净的。新婚夫妇居住的卧室，窗帘色彩宜鲜艳浓烈，以增添喜庆气氛。就季节而言，春秋季以中间色为宜，如米色、淡墨绿、枯黄、粉红色等；夏季以白色、米色、淡灰、天蓝、湖绿等冷色为佳；冬季宜用棕色、墨绿、紫红、深咖啡等暖色。

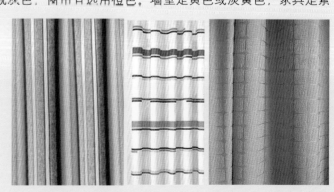

家居空间迫切需要自然的绿意和清凉，植物是这个季节的主角，有意无意点染的绿，会给空间平添几分清新，带来清爽芬芳的气息，拉近与自然的距离。用植物巧布置，为家降温，给家清凉，在家中享受健康自然的盛夏。早晚凉风袭来，才让人觉得夏末来得太突然，如果你依然恋着自然、舒适和环保的居家主题，喜爱原汁原味并集环保、经济于一身的绿色植物布置，不妨赶紧动手，抓住夏天的尾巴，打造绿色环保家，乐享悠然自得的慢调生活。

健康提示 卧室宜摆放的植物品种

卧室要摆放造型小巧的植物，并且数量不宜过多；卫生间则可以摆放一些悬垂的植物；儿童房可以摆放一些颜色艳丽一点的，但注意不要摆放仙人掌、仙人球等有刺、容易伤害儿童的植物。

装饰细节

享受生活的人不会浪费室内的每一处空间，花花草草的加入让这里充满了浓浓的自然气息。

装饰细节

整洁清凉的卧室环境在盛夏时节能带来舒适的睡眠，共同营造出清爽宜人的卧室氛围。

装饰细节

步入房间的一瞬间就能享受到室内景致所带来的快乐气氛。高高低低的绿植，让空间看起来舒服、漂亮。

装饰细节

素雅的床品，精致的台灯，组合在一起共同营造出冰爽气息，清新浪漫的情调即刻弥漫开来。

植物中耗氧量大的花草不适宜摆放在室内。特别是卧室内，因为它们会与人"争夺氧气"。如丁香和夜来香等花草，在进行光合作用时需要大量耗氧，容易导致室内空气含氧量降低，而夜间停止光合作用时，耗氧性花草又会排出大量废气。

装饰细节
室内的绿色植物与自然色地毯相互呼应，效果浑然天成，风格淳朴自然。

装饰细节
卧室的绿植较多时，二氧化碳的浓度就受到了抑制，主人可以安心地进入睡眠状态。

装饰细节
明亮的房间中线条有点"硬"，用植物来装饰，起到了"软化"的作用，独特又富有现代感。

装饰细节
在卧室摆上一盆绿色植物，显得生机盎然，一下子欢快、甜蜜的气氛就在进门时给烘托出来了。

一些看似不起眼的装饰品，或许能带给你不一样的情趣。不管是精致的相框还是别致收纳物件，都能满足不同的需求。放大我们年轻充满激情的情怀，让空间散发心仪缤纷的色彩。在卧室里摆设一些色彩艳丽的装饰画和饰品，让空间的每一个角落都色彩纷呈。用各种饰品装扮出专属自己的独特空间，我们就会拥有最美丽的心情，炫出年轻色彩。

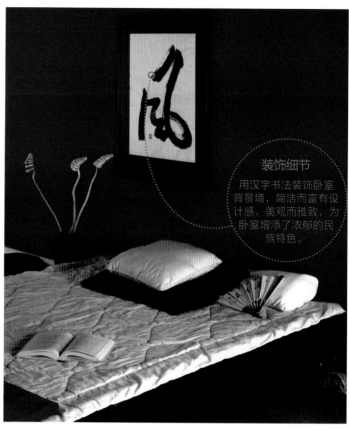

装饰细节

用汉字书法装饰卧室背景墙，简洁而富有设计感，美观而雅致，为卧室增添了浓郁的民族特色。

装饰细节

由于色彩和造型的改变，打破普通相框的格局，弱化放置照片的位置，使整个相框更具有装饰性。

健康提示   巧选卧室里的装饰画

卧室中的装饰画最能体现和表达个性和情趣。要根据自己的爱好和职业选择悬挂相应的装饰画。好的装饰画可以帮助居者减轻事业上的压力，缓解因工作带来的疲劳。暖色调可以烘托出温馨，冷色调可以带来静谧。合适的装饰画能让心灵进入休眠。

装饰细节

用相框来点缀卧室墙壁，给居室带来雅致感，插画与工艺品搭配浅色墙壁，带来丰富的视觉体验。

精彩看点 *1* 简洁大方

精彩看点 *2* 简洁明快

精彩看点 *1* 简洁大方 深灰色墙壁搭配艳丽的工艺品，使整个空间简洁大方，营造概念空间，设计感十足。

精彩看点 *2* 简洁明快 精致的工艺品悬挂在卧室空间，搭配素色休闲椅，简洁明快，营造清爽居室。

精彩看点 *3* 古典自然 古典的原木饰品，给客厅带来丝丝自然气息。

精彩看点 *4* 简洁实用 收纳展架的设计简洁而大方，紧靠卧室背景墙，收纳功效满分。

精彩看点 *4* 简洁实用

精彩看点 *3* 古典自然

装饰细节 将普通镜框涂金色，用小珠子在传统木质相框上粘出抽象肌理或者具象图案，制成璀璨的个性相框。

装饰细节 用木条拼接成的画框，比较轻松、随意，比背景墙的装饰费用少得多，实惠而时尚。

装饰细节

画框中的景色平静而美丽，为整个卧室注入一股清新明媚的春日气息，令人心情舒畅。

装饰细节

可爱的挂牌做工非常精细，为卧室增加了几分暖意与典雅。

装饰细节

浅淡的金色，如秋日的余温般柔情，代表着温暖与幸福，展现了梦巴黎风格的法式生活情调。

7.5 儿童房灯饰的选择
可爱童趣的灯饰

儿童房一般兼有学习、游戏、休息、储物的功能，是真正的儿童天地，因此室内的整体照明亮度应该比成人房高，同时光线要柔和，从而让房间产生温暖、祥和的氛围。除此之外，房间内还需要有相应的局部照明，以便于孩子看书写作业、查找书籍、寻找储藏物之用，或者运用造型丰富的灯具为房间增添童趣。

儿童房灯饰，首先要考虑到护眼功能，其次要满足孩子的个性发展和兴趣喜好，除了实用性、安全性、启发性外，其他要素如色彩、款式等也不无讲究。

装饰细节

造型简洁的落地灯，由钢制灯架和布艺灯罩组成，落地灯散发出的柔和灯光可方便妈妈夜晚照顾孩子。

装饰细节

传统的布艺灯罩和典雅灯座使这款台灯富有艺术气息，灯光透过薄纱的灯罩，能达到温暖的效果。

装饰细节

一簇嫣红的鲜花可以通过几个灯管开在天花板上，灯光透过不锈钢"花枝"和"花朵"多角度地投射出来。

装饰细节

流畅的曲线在不规则中体现出颇强的设计感，还可以让房间获得更多的光线，是儿童卧室的绝佳搭配。

健康提示 灯具不要靠近孩子的床

室内照明用的灯具不要安装在孩子头部的正上方，要安装在远离孩子能摸到的地方，灯罩的颜色以浅色为好，而电源插座也要安在隐蔽的位置。

适且充足的照明，能让房间温暖、有安全感，有助于消除孩子独处时的恐惧感。婴儿房的整体照明度一定要比成年人房间高，一般可采取整体与局部两种方式布设。当孩子游戏玩耍时，以整体灯光照明；孩子看图画书时，可选择局部可调光台灯来加强照明，以取得最佳亮度。

装饰细节

闪光材质的吊灯，不同大小的圆球串连在一起，反射着屋内粉色的光线，使其在关闭时也能成为时尚装饰。

装饰细节

围绕白色灯罩的一圈金色"光晕"，让整个房间有一定明亮度的同时，体现出干净与温馨的感觉。

装饰细节

光线太刺眼的灯具，不适合儿童卧室使用。应设置能够从弱到强自动调节光线的灯具。

装饰细节

灯具简洁的设计可聚拢光线，并使透过麻布照射出的光线变得柔和均匀，接近平和的自然光线。

7.6 儿童房布艺的选择
儿童房的布艺选择要注重舒适度

儿童房可以说是布艺的天堂，带有浓浓的童话色彩，色彩斑斓的床品极具童趣，给小主人带来一个愉悦的儿童乐园。

儿童房应以淡雅温馨的色调为主。色彩要求柔和，一般是选择浅粉、浅蓝、浅黄、整洁的布艺，材料柔软吸湿，无刺激性，易于清理。装饰的效果，使儿童感受到家的温暖，使初为父母的人们品尝到无穷的快乐，并留下美好的回忆。

儿童房中的布艺装饰不宜繁琐。孩子好动，而且常常在破坏中学习成长。面面俱到的布置往往会对孩子的行为造成限制，不利于童真天性的发挥，所以，布艺的使用要做到保证安全，简洁方便、易于清理为佳。

装饰细节
各种颜色的小碎花床品起到视觉提亮的作用，在同色系靠包映衬下，和谐而温暖。

装饰细节
窗帘的款式往往对整个室内空间有着举足轻重的作用，能够更好地体现家居氛围。

装饰细节
粉色意味着女孩的性格柔顺、体贴，但太单调了也会影响到其性格，使其变得不够自信。

装饰细节
卧室中可以让布艺的色彩作用发挥得更为丰富，切记掌握恰到好处的比例关系最为重要。

装饰细节

采用纯天然质地布料，如纯棉、涤棉、亚麻等，不含化工元素，不会对身处其中的孩子造成伤害。

健康提示 儿童房软装用纯棉制品

　　由于儿童的肌肤娇嫩，建议儿童房的软装饰选用纯棉制品。如窗帘、床罩、靠枕等，纯棉织物手感柔软，不含化学成分，不易产生静电，更适于儿童使用。

装饰细节

当硬性技术手段无法解决时，不妨选用颜色亮丽的布艺床品，来人为地营造空间的氛围。

装饰细节

进行色彩的选择时，要结合家具的色彩确定一个主色调，使居室整体色彩、美感协调一致。

装饰细节

床品的颜色很好地平衡了房间里浅色的线条，避免了过于清淡的无焦点感。

装饰细节

婉约、朴素的窗帘是儿童房中不错的选择，趋向于明快、简洁。其中丝带饰物的装饰作用也不可忽视。

装饰细节

要根据孩子的个性选用不同颜色，如生性好动，选择蓝色等冷色调以使之安静。

7.7 儿童房绿色植物的布置
让孩子呼吸到自然的空气

儿童房需要布置绿色植物，使孩子能与大自然亲近。园林专家表示，在培养孩子动手、动脑的同时，通过布置绿色植物还可以启发他们探索自然奥秘的兴趣。儿童房布置绿色植物以有趣味性、知识性和探索性的植物为主体，可以盆栽一些观叶植物，如球兰、鹤望兰、彩叶草和蒲苞花等。各种有刺的仙人掌和多肉类植物并不适宜摆放，因为这些植物容易引发危险。

装饰细节
在儿童房里适当地摆放些绿植，不但能美化居室，还能净化空气、清除污染。

装饰细节
为了安全，儿童房里的植物不要太高大，不要选择稳定性差的花盆架，以免对儿童造成伤害。

装饰细节
儿童房布置绿色植物以趣味性和观赏性兼具的植物为好，可以用稍大些的盆栽植物。

装饰细节
摆放些盆栽植物，足不出户也能欣赏到大自然中最可爱的色彩，呼吸到清新且带着花香的空气。

健康提示 植物选择考虑儿童安全

有些花草含有毒物质，不适宜摆放在儿童房中。如含羞草、一品红、滴水观音等，虽然它们的毒素不会自行释放到空气中，但如果小孩不小心攀折使汁液流出，也会导致意外出现，尤其注意不能让植物汁液直接碰触伤口。

7.8 儿童房装饰画、饰品的摆放
装点出孩子们的童话王国

儿童房装修设计现在越来越受到家长们的重视，无论是空间设计、色彩搭配、软装饰，还是配画方面都要考虑周到，还有一点最重要的是要环保。选择儿童装饰画、饰品尤为重要，好的装饰画、饰品能让孩子充满活力，积极健康成长，保持乐观向上的人生观。

装修儿童房眼光要放长远些，因为孩子是善变的，因此最保险的方法就是家具最好选择成长型家具，样式不要太卡通，儿童房的特色最好通过配饰和软装饰来体现。

装饰细节

最简单的装饰手法往往效果不俗，金黄色表盘象征着太阳，与卧室的色调相得益彰，提升了视觉效果。

装饰细节

框中可以摆放喜爱的照片或者装饰图片，通过成组或是穿插摆放的方式，形成独特的装饰效果。

装饰细节

可爱的布熊安静地坐在房间里，造型非常时尚可爱，适合儿童追求新鲜的天性。

装饰细节

将五颜六色的玩具整齐的摆放在玩具柜上，培养孩子良好的生活习惯。

健康提示 儿童房装饰重在安全防护

儿童房内最好不要使用大面积的玻璃和镜子；家具的边角和把手应该不留棱角和锐利的边；地面上也不要留有磕磕绊绊的杂物；电源是儿童房间安全性设计的重点，要保证儿童的手指不能插进去，最好选用带有防护罩的插座，以杜绝一些不安全因素。

装饰细节
屋中大多数家具都与蓝色有关,蓝色镂花的吊灯很好地迎合了整体的清爽气息。

装饰细节
衣柜上坐着的卡通人物是整个房间的亮点,家具在完成了储物的同时,还带给孩子愉悦。

装饰细节
女孩房的收纳应该尽可能地做到功能多样化,将房间划分为学习区和娱乐区。

健康提示 避免选用劣质塑料家具

现在市场上流行一些塑料儿童家具,比如椅子、凳子等,造型十分可爱逼真,很能讨孩子的欢心,而且价格也不贵,很多父母在这方面也显得很慷慨。但是,应避免选用劣质塑料家具,防止化学物质刺激孩子的呼吸道,对孩子的健康成长不利。

装饰细节
不同花色的饰品,巧妙地点缀了浅色墙壁,充分彰显了童趣,将成为孩子成长过程中最美好的记忆。